# 異世界に飛ばされたら<br>ドラゴンの赤ちゃんに<br>なつかれました

星野 伶

この作品はフィクションです。
実在の人物・団体・事件などに
一切関係ありません。

# 異世界に飛ばされたらドラゴンの赤ちゃんになつかれました

Contents

異世界に飛ばされたら ドラゴンの赤ちゃんになつかれました　5

# 異世界に飛ばされたらドラゴンの赤ちゃんになつかれました

「……よかった、ここはあってた」

夕方の公園で期末テストの自己採点をしながら、國本歩夢《くにもとあゆむ》はホッと息をつく。

「えっと、次は……、あっ！」

すると、突然強い風が吹き、膝の上に乗せていた問題用紙が飛ばされてしまった。

座っていたブランコから慌てて立ち上がり、砂場の小さな山に引っかかって止まった紙をすかさずキャッチする。

「ふう、危なかった」

歩夢は用紙についた砂を軽く払いながら、ブランコへ戻ろうと踵《きびす》を返した。

しかし、そこでふと足が止まり、歩夢は無意識に唇を噛みしめる。

――もうテスト結果なんて関係ないんだ。

どんなに勉強しても、大学へは行けない。

――なんで、こんなことに……。

歩夢の脳裏に、忘れてしまいたい出来事が蘇ってくる。

今日はテスト期間最終日だった。

このテストが終わったら、じきに夏休みになる。

休みに入ったら受験勉強に本腰を入れようと計画していた。

ところが、期末テストが終わって一安心していた時、従兄弟《いとこ》の遼《りょう》と彼の友人三人に人気《ひとけ》のない特別室棟に呼び出されたのだ。

同い年だけれど遼とは正直あまり仲が良くない。

歩夢は友達が多く賑《にぎ》やかな遼がなんとなく苦手で、そして彼も勉強ばかりで面白みのない歩夢のことを鬱陶《うっとう》しく思っているようだった。

だから呼び出された時点で嫌な予感がしたが、彼らから唐突に「テストでカンニングしていただろう」と難癖《なんくせ》をつけられ、心底びっくりした。

もちろんそんな事実はなく、何かの見間違いだと否定した。

けれど遼も他の同級生も誰も信じてくれず、挙句、担任に報告すると言い出したのだ。

歩夢は後ろめたいことは何もしていないので好きなようにしていいと伝えたが、遼が「父さんと母さんにまた迷惑かけるのか？」と言ってきた。

その一言が、歩夢に迷いを生じさせたのだ。

歩夢には両親がいない。

母は未婚で歩夢を出産し、教師をしながら一人で育ててくれた。

しかし四年前、歩夢が中学二年生の時に病気で亡くなった。

祖父母もすでに亡く、身内は遼の父親である伯父だけ。

伯父は一人残された歩夢を不憫《ふびん》に思い、引き取ってくれた。

以来、伯父宅で居候《いそうろう》させてもらい、高校にも行かせてくれている。

日々の生活の中で伯父夫婦にはとてもよくしてもらっており、社会人になったら恩返しをしようと決めていた。

教師にこの件が伝われば、世話になっている伯父夫婦に迷惑をかけることになる、と遼は言ってきたのだ。

歩夢が真っ青になっていると、遼はさらにカンニングを黙っていてほしければ大学進学を諦めるよう言ってきた。

大学に進学出来なければ、夢だった教師になれない。

遼はそれを知った上で、歩夢への嫌がらせでそんな取引を持ち掛けてきたのだろう。

それほどまでに嫌われていたのかとショックだったが、自分の夢と伯父への迷惑を天秤《てんびん》にかければ、答えは一つだ。

歩夢は遼の提案を受け入れることにした。

だからもう、勉強はしなくていいし、テストの結果も気にする必要はない。

それなのにテストの自己採点をしたりして、未練たらしいと自分でも思う。

歩夢はそんな自分を戒《いさ》めるように、問題用紙をグシャグシャと丸め、ブランコの横に置いていた鞄に突っ込む。

その時、指先に一冊のノートが触れた。

歩夢はそれを取り出し、表紙を撫でる。

これは母から渡されたノート。

中学に入学した時、『この世で生きていけないと思うほど辛いことがあったら、中を見なさい』と言われて譲り受けたものだ。

その一年後、母が亡くなった時にノートを開いてみた。

何か母からの励《はげ》ましのメッセージが書かれていると思っていたのに、ノートに記されていたのは数式だった。

それも一つではなく、いくつもの式が十数ページに渡って書かれており、その他にメッセージの類はなかった。

このノートを渡してきた母の真意はわからなかったが、形見《かたみ》の品として通学鞄に入れて持ち歩いている。

歩夢はブランコに座り直し、久しぶりにノートを開いてみた。

四年前は解けなかった問題も、今なら解けそうだ。

シャーペンを手に取り、ノートの数式を解き始める。

集中して解いていると、不思議と気持ちが落ち着いてきた。

――もしかして、数式を解いて気持ちを落ち着けなさいってことなのかな？

だとしたら数学教師だった母らしい発想だ。

歩夢は難解な数式に悪戦苦闘しながらもなんとか答えを導き出す。

「ふう、これであってるはず」

達成感と共に独り言を呟く。

するとその瞬間、いきなり目の前の景色が真っ黒になった。

え？　と思っている間に、身体が宙に浮き上がるような感覚を覚える。

——浮いてる!?

そう思った直後、浮かんだのではなく落下しているのだと気づいた。

「わ、わあーっ！」

反射的に叫び声を上げ、目を瞑《つむ》る。

無意識に手足をばたつかせ、何か掴むものはないかと探るが空《から》ぶりして終わった。

いったいこのままどこまで落ちてしまうのか。

なぜ落ちているのか。

疑問が頭を掠めるが、恐怖で考える余裕などない。

そのままなすすべもなく落下し続け、いつしか閉じた瞼の裏に光を感じるようになった。

思い切って目を開けようとした直前に手に何かが触れ、咄嗟に掴む。

しかし落下は止まらず、ザザザッと音を立てながら落ちていった。

「いっ、痛いっ」

ピシピシと細いものが手や頬に当たる。

反射的に両手でガードし背中を丸めると、唐突に尻に固いものがぶつかった。

「痛っ！」

痛みを感じた次の瞬間、身体がビョンッとわずかに上へ浮き上がる。

「へっ!?」

ハッと目を開けると、視界を覆《おお》いつくさんばかりの緑の葉っぱと、その隙間から青い空が見えた。

そうして状況が飲み込めぬまま再び落下していく。

「ひいっ」

叫び声と同時に背中に何かが当たり、パキンッと割れるような音が聞こえた。

歩夢は地面をゴロゴロ転がってようやく止まると、ゆっくり上体を起こす。

「う……っ」

落ちたり回転したりしたせいで少し目が回っている。

だから錯覚を起こしているのだと思った。

さっきまで確かに公園にいた。

遊具はブランコと滑り台と砂場くらいしかなく、周囲には申し訳程度に何本か木が植えてあるだけの小さな公園。

それなのに、遊具などどこにも見当たらず、空を埋め尽くすほど枝を伸ばした大木が数えきれないほどそびえたつ場所にいたのだ。

「ええっと……」

真っ先にメガネをかけているか確かめたら、あの落下や衝撃でも飛んでいくことはなかったようで、奇跡的に失くしていなかった。

次にメガネをずらし、目を擦《こす》ってみる。

しかし景色は変わらない。

今度は瞬きを何度も繰り返してみる。

やはり景色は変わらない。

「………ここ、どこ?」

呆然と呟くが、答えが返ってくることはない。

歩夢が混乱しすぎてフリーズ状態になっていると、どこからか小さな子供の泣き声が聞こえてきた。

そこで我に返り、声のする方へと駆けて行く。

小さな子が一人でいるはずがない。

きっと一緒に親がいるはずだ。そうすればその人に助けを求められる。

そう考えて急いで声の主を探す。

「あれ?　この辺りから聞こえるんだけど……」

十数メートルほど離れた大木の周辺を見渡すが、人影は見当たらない。

おかしいな、と思いながらも声のする辺りを探すと、腰の高さくらいの茂みの中から聞こえていることに気づく。

茂みをかき分けてみると、なんとそこには金色の髪をした赤ちゃんが素っ裸で転がっていた。

「えっ、どういう状況⁉」

焦って周囲を見回すが、やはり誰の気配もない。

希望を捨てたくなくて、この子は迷子なのでは……、と仮説を立ててみたが、身近に赤ちゃんがいない男子高校生の歩夢から見ても、サイズ的に迷子説は無理がある。

手足を縮めているからとても小さく見えるが、身長はだいたい七十センチくらいか？

生まれたてかどうかまではわからないけれど、少なくともしゃべったり歩いたり出来るほどの月齢ではない気がした。

いや、そんなことよりまず裸というのがおかしい。

この状況は普通ではない。

――まさか捨て子⁉

助けを求めるつもりが、さらにピンチな状況になってしまった。

「ど、どうしたら……？」

歩夢がオロオロしている間に、赤ちゃんの泣き声がさらに大きくなる。

赤ちゃんを抱っこした経験がないため、抱き上げてあやすことも出来ない。

知識もないのに無暗《むやみ》に触って、何かあったら大変だ。

歩夢はパニックになりつつも自分に今出来ることを必死で考え、とりあえず身体を覆ってあげようと思い立つ。

制服の学ランの上着を脱ぎ、小さな身体にかけてみる。

すると赤ちゃんを驚かせてしまったようで、ビクッと身体が跳ねた。

「わわ、ごめんっ」

余計なことをしたかと上着を取ろうとすると、赤ちゃんの小さな手が歩夢の指先をキュッと握った。

今度は歩夢がビクッとしてしまう。

――えっと、えーっと、こういう時はどうしたら……。

歩夢が頭をフル回転させて対応を考えていると、大泣きしていた赤ちゃんがいつの間にか泣き止んでいた。

様子を窺うと、赤ちゃんは瞑っていた目をパッチリ開き、涙で潤んだ金色の瞳で歩夢をじっと見つめてくる。

しばし無言で見つめ合っていると、ふいに赤ちゃんがニッコリ微笑んだ。

フワフワでクルンとカールした金髪に、大きな金色の瞳。

プクプクしたほっぺたに、小ぶりな鼻と口。

赤ちゃんは皆小さくて愛らしいと思うが、この子は元々の顔の造作《ぞうさ》が赤子ながら整っている。

そんな赤ちゃんに指を握って微笑まれたら、育児経験ゼロの歩夢もさすがに心臓がキュウッとなった。

「……可愛い」

無意識に呟きがこぼれ、自然に笑みが浮かぶ。

こんなわけのわからない状況に陥っているのに、赤ちゃんを見ていると不安がかき消され、気持ちがなごむ。

ところが、ほんわかした気持ちになった直後、視界の隅にチラリと銀色に光るものが映ったのだ。

「え……？」

「卵から離れなさい」

背後から男性の声が聞こえた。

ようやく人に会えた喜びで歩夢が振り返ろうとすると、「動くな！」と怒声が飛んでくる。

身を竦め動きを止めると、先ほどチラリと見えた銀色のものを肩の上に乗せられ、そのまま存在を主張するかのように前方へと滑ってきた。

「言う通りにしないなら、このままあなたの首を落とします。さあ、どうしますか？」

――く、首!?

そろそろと視線を下げ首元近くにあるそれを確認すると、刃の長いナイフのようだった。

「ひえっ」

恐怖から変な声が出てしまった。

歩夢は反射的に両手を上げ、降参《こうさん》のポーズを取る。

「離れますっ、離れますからっ」

歩夢がブルブル震えながら告げると、刃物が離れていく。

歩夢はそれを見届け、急いで身体を横にずらした。

本当はもっと距離を取りたかったが、腰が抜けて立ち上がることが出来ない。

そんな歩夢にかまわず、背後にいた男性は膝をつき茂みをかき分ける。

そして赤ちゃんを発見したようで、そこで動きを止めた。

歩夢はこの赤ちゃんはこの人の子で、勝手に服をかけたことを怒っているのだと思った。

しかし男性は驚愕したように目を見開き、赤ちゃんを凝視して、そして次になぜか歩夢にも同じ視線を向けてくる。

男性は無言で同じ動作を数回繰り返し、地面に手をつきがっくりと項垂《うなだ》れた。

「……あなたが卵を割ったんですか？」

「へ？　卵？」

卵ってなんだろう？

そういえばさっきも男性は卵から離れるよう言っていた。

歩夢が首を傾げると、男性は茂みの中に手を突っ込み青白く光る薄い皿の欠片《かけら》のようなものを拾って見せてきた。

「これは卵の欠片です。この欠片に見覚えがあるでしょう？」

見覚えなんてない。

しかしあまりにも男性が深刻な顔をしているものだから、「知らないです」とは言いづらかった。

すると徐々に彼の表情が険しくなっていき、明らかに怒っている気配を放つ。

男性の怒りを買うと、また刃物を突きつけられるかもしれない。

歩夢はとりあえず自分が知っていることを早口で話す。

「卵は見てませんっ。赤ちゃんの泣き声が聞こえて、そこを探したらその赤ちゃんが泣いてて……、あっ!!」

――落ちた時に、何かが割れた音がした……。

まさか自分が卵の上に落ちて、その衝撃で割れてしまったのか!?

歩夢がさらに青くなると、動揺を察知した男性に強く詰問《きつもん》され、正直に打ち明けた。

話を聞き終わると男性は大きなため息をつき、「そんなことが……」と唸《うな》るように呟く。

「この個体はまだ孵《ふ》化《か》する時期ではなかったんです。それなのにあなたが割ってしまった。だから歩けないほど小さく生まれてしまったんです」

「生まれたって、何がですか？」

「この子に決まっているでしょう」

「この子って、この赤ちゃん!?　卵から赤ちゃんが生まれたんですか!?」

わけがわからない。

赤ちゃんはどう見ても人間の子に見える。いくらなんでも、鳥や亀には見えない。

「あ、あはは、面白い冗談ですね」

歩夢はもうこのあり得ない状況を処理出来なくなって、冗談にしてしまおうと可笑《おか》しくもないのに笑った。

それが男性の癇《かん》に障ったようで、鋭い眼差しで睨みつけられてしまう。

歩夢が「すみません」と小さく謝罪し俯くと、男性は上着をこちらに向かって放り投げ、赤ちゃんを抱き上げた。

「もういいです。起きしまったことは仕方ないですから。ただし、ここで見聞きしたことは他言無用でお願いします。もし誰かに話した場合は、あらゆる手を尽くして居場所を突き止めますので、そのつもりで」

男性は片腕に赤ちゃんを抱き、そのまま立ち去ろうとする。

ところが、赤ちゃんは歩夢の姿が見えなくなると、顔を真っ赤にして大声で泣き出した。

男性は目に見えて焦《あせ》り出し、ぎこちない手つきで赤ちゃんをユラユラ揺する。

けれど泣き止む気配はなく、歩夢は赤ちゃんが不憫になって、恐る恐る男性に伝えた。

「あの、赤ちゃんに指を握らせてあげてください。さっきもそれで泣き止んだので」

男性は歩夢が赤ちゃんに触ったことを知り眉間に皺《しわ》を寄せたが、言われた通りに自分の指を差し出して握らせようとする。

しかし全く見向きもされず、苛立《いらだ》った口調で「全然握ってくれないじゃないですかっ」と言われてしまった。

歩夢はお手本を示そうと、人差し指でくすぐるように赤ちゃんの手の甲《こう》を撫でる。

すると指に気づいてもらえて、先ほどと同様、キュッと握って泣き止んだ。

それを見て男性が再度チャレンジしてみるが、歩夢の手が離れると大泣きし、やはり男性の指は握らない。

首を捻っていると、男性が歩夢を凝視してきた。

そして歩夢に両手を前へ差し出すように指示し、言われた通りの格好をするとヒョイと赤ちゃんを渡される。

「え、えっ？」

いったい男性が何をしたいのかわからない。

困惑しつつも赤ちゃんを落とさないようしっかり抱きしめると、なぜかピタッと泣き止んだのだ。

それを見計らい、男性が赤ちゃんを抱こうと手を伸ばすと、それを察して火がついたように泣き出してしまう。

何度か繰り返して、男性はイライラした様子で自身の髪を手でかき混ぜる。

「あの、大丈夫ですか？」

男性は黙ってゆるく頭を左右に振る。そして恨みがましい声音でポツポツ話し始めた。

「……ドラゴンの幼体《ようたい》は、卵から孵化して初めて見た者を親だと思う習性があるんです。この個体はあなたを親だと思ってしまった」

「へえ、鳥の刷り込みみたいですね」

そんなことを口にして、はたと気づく。

――今『ドラゴン』って言った!? しかも僕を親と思ってるって!?

「ちょ、ちょっと待ってください。この子がドラゴンって……、人間の赤ちゃんにしか見えないですよ？」

「ドラゴンは親だと認識した者に姿形を似せるんです。このドラゴンが今、人間に擬態しているのは、あなたを真似たからです」

「え、ええっ!?」

説明されてもあり得ないことすぎて理解が追いつかない。

歩夢が言葉を失い呆然としていると、男性がしげしげと赤ちゃんを眺める。

そして何かを決意したかのように強い眼差しを歩夢に向け、こう言った。

「責任を取ってください」

「責、任……？」

「ええ。あなたが卵を割ってしまった。そして、あろうことかこの個体はあなたを親だと認識してしまいました。今ならあなたから引き離せるかと思いましたが、どうも無理なようです。私がこの卵を手に入れるのに、どれほどの苦労を重ねたかわかりますか？　また新たな卵を手に入れるだなんてほぼ不可能です。かくなる上は、共に来てもらいます」

「ええっ!?」

「何驚いてるんですか？　当然でしょう？」

冷ややかに返され、歩夢は言葉に詰まる。

男性はその間に、この赤ちゃんがいかに貴重な生き物かを滔々《とうとう》と語った。

「よく聞いてください。……私はこのドラゴンの卵を手に入れるために一年間旅を続け、決死の覚悟でドラゴンの島へ渡り、命がけで手に入れたんです。それなのに、突然現れたあなたに割られ、ドラゴンの親役まで奪われてしまったんですよ？」

「す、すみません」

ドラゴンと言っているが、やっぱりどう見ても人間の赤ちゃんにしか見えない。

そう指摘したいのを堪《こら》え、自分が悪いのは確かなので謝る。

すると男性の瞳が怪《あや》しく光り、一気に捲《まく》し立ててきた。

「今、非を認めましたね？　ならば罪を償《つぐな》うために、共に王都《おうと》まで来てもらいましょう」

「王都……？」

また馴染みのない単語が出てきた。

しかし今ここで色々質問するのはまずい。

きっと男性がさらに苛立つだろう。

歩夢は日常で耳にしない単語の数々とこの状況に気が遠くなりかけながらも、男性の気迫に負け、頷いた。

「……わかりました」

その返答に満足したようで、男性が勝ち誇ったように微笑を浮かべる。

その時、初めて男性がとても美形なことに気づいた。

身長一六五センチの歩夢より十センチほど背が高く、細身に見えるけれど肩幅があり、腕には筋肉がしっかりついている。

髪は白銀色で、青い瞳を縁取る長い睫毛も同じ色だ。

野性的な雰囲気はなく中性的で端正な容姿は、さぞかし女性にもてるだろう。

そして彼が着ている服は、現代の日本のような服装ではなく、中世の貴族のような格好で、それがまた似合っていた。

――顔がいいから余計に怖い。

丁寧な口調と優しそうな容貌をしていながら、ふとしたきっかけで激しやすい性質を知ってしまった今は、笑顔を向けられても委縮してしまう。

男性は笑顔のまま、歩夢の名を問うてきた。

歩夢が名前を告げると、彼も自《みずか》らの名を告げてくる。

「私はユーリと申します。王都までの旅路、命をかけてドラゴンを守ってくださいね」

「は、はい」

背筋が寒くなるのを感じながら、天使の笑みを見せる赤ちゃんドラゴンを抱きしめ、歩夢は引きつった笑みを浮かべた。

ユーリの後ろをついて行きながら、歩夢は情報を整理する。
・公園にいたはずなのに、気がついたら見覚えのない森の上空だった。
・空から落ちて卵を割っちゃって、そしたら人型のドラゴンの赤ちゃんが生まれた。

・卵の持ち主は日本人離れした容姿で、服装も日常生活では見たことがないコスプレのような格好だった。

これらのことから、導き出される解《かい》は……。

――異世界、だよね……。

信じられないけれど、自分はなぜか別の世界に来てしまったとしか思えない。

まだ何がなんだかわからないが、今この世界で知り合いと呼べるのは、数十分前に出会ったこの赤ちゃんドラゴンとユーリだけ。

右も左もわからない場所で一人で行動するなんて出来るはずがない。

身の安全を第一に考えるなら、二人と一緒にいるのが得策だろう。

――よくわからないけれど、とにかくユーリさんについていくしかないか……。

こうして平凡な高校生だった歩夢の、異世界での旅が始まったのだった。


「よしよし、いい子にしててね」

ぎこちない手つきでドラゴンの赤ちゃんを抱っこし、必死にあやしながらユーリの後をついて行く。

ユーリは赤ちゃん連れの歩夢のことなど少しも気遣わず、後ろを振り返らずにさっさと歩いて行ってしまう。

二人と出会った森を抜け、このどこまでも続く広い草原をどれだけ歩いただろうか。

体重が七～八キロはあろうかという赤ちゃんをずっと抱っこし続けているので、さすがに腕が疲れてきた。

――赤ちゃんて、もっと軽いと思ってた。

ユーリの目指す王都までどれくらいの距離があるかわからないが、このまま抱っこで移動するのは正直きつい。

体力的にもだが、一番はこの可愛らしい赤ちゃんをうっかり落とさないようにと全身を緊張させているせいで、余計に疲労が蓄積《ちくせき》している気がする。

自分の抱っこの仕方があっているのかもわからない。

赤ちゃんが苦しくないか心配になって、何度も腕の中を確認してしまう。

「赤ちゃん、大丈夫？」

「あー」

歩夢と目が合うと赤ちゃんが嬉しそうに笑う。

それだけで疲れが吹き飛ぶ気がした。

今、ドラゴンの赤ちゃんを包んでいるのは歩夢のワイシャツだ。

赤ちゃん用の服などユーリも歩夢も持ち合わせておらず、かといって裸のまま連れ歩くのも可哀想で、詰襟《つめえり》の学生服の下に着ていたワイシャツで包んであげた。

そのため歩夢は学生服の下はタンクトップのみという、いささかワイルドな格好になっている。

——それにしても、ここってやっぱり異世界、だよね……。

現在、歩いているところは、背丈の短い草で覆われた一面緑色の草原だ。

ところどころにポツポツ木は生えているが、アスファルトの舗装された道路も、ビルも民家もない。

綿あめみたいなモコモコした雲が浮かぶ青空にも鷲《わし》のような大きな鳥が飛んでいるだけで、電柱や電線は一切なかった。

視界を遮るものがないから、空がとても広く見える。

こんなに広々とした景色、見たことない。

だが、この風景だけでなく他にも、この世界が自分の生まれ育った場所ではないと思った理由があった。

その一つがユーリの服装。

肩から膝の辺りまで覆うマントのような外套《がいとう》の下は、細かい刺繍が施された深い藍色の上着と、同じ色のパンツが覗いている。

腰には彼の瞳と同じ青い色の宝石のような綺麗な石が埋め込まれた長い剣を差し、背負っているのはリュックではなく大きな巾着《きんちゃく》のような袋だ。

ユーリの容姿も相まって、まるでゲームの中の世界みたいだと思った。

――ここがどこなのか聞きたいけど、聞ける雰囲気じゃないな。

突然見知らぬ場所に来てしまったので、ユーリに色々と聞きたい気持ちはある。

けれど第一印象が悪すぎたようで、前を歩くユーリの全身から怒りのオーラのようなものが立ち上っている。

歩夢は疑問を抱きながらも、黙って彼の後をついて行くしかなかった。

「……暑いな」

晴天だけれど、過ごしやすい気温だと思う。

しかし赤ちゃんを抱いて慣れない草原をユーリの歩調に合わせて歩いているため、歩夢の額には汗が浮かんでいた。

両手が塞がっているからハンカチで拭くことも出来ない。

仕方なく流れてくる汗を肩口で拭いてやり過ごしていた。

ところが。

ポタッと汗が一滴赤ちゃんの額に落ちてしまった。

赤ちゃんはびっくりしたようで、見る見る顔を歪《ゆが》ませていく。

「わ、ごめんっ」

拭いてあげたいけど手が塞がっているからどうにも出来ない。

いったん地面に降ろして、とも考えたが、こんな小さな赤ちゃんを草の上に寝かせて病気にならないだろうかと心配で下ろせない。

「えっと、えーっと、どうしよう」

歩夢が考えている間に、赤ちゃんは顔をクシャッと歪め大きく口を開け、泣き出してしまった。

「ご、ごめんね、よしよし、泣かないで」

泣き止ませようと必死の形相であやしてみるが、逆効果だったようだ。

赤ちゃんはますます大きな声を出し、泣き続ける。

歩夢が焦って赤ちゃんを宥めていると、ユーリが大股で近づいてきた。

「何をしたんですか!?」

丁寧な口調なのに語気が荒い。

目を吊り上げて問いただされ、萎縮してしまう。

歩夢が硬直して何も答えられないでいると、ユーリはますます苛立ったようだ。

無言で睨みつけられ、歩夢は消え入りそうな声で「僕の汗が垂れてしまって」と答える。

ユーリはハンカチを取り出し赤ちゃんの顔を拭き始めた。

もはや汗なのか涙なのかわからない状態だったが、ユーリは何度も顔を拭いてあげている。

ところがそれがかえって不快なのか、赤ちゃんはずっと泣いたまま。顔を真っ赤にして背中を仰け反らせ、大声で泣いている。

ユーリも内心焦っているのか、彼の額にもうっすら汗が滲んでいた。

「あの、もう少しそっと拭いたらどうでしょう？」

「私の拭き方が悪いって言うんですか!?　そもそもあなたが……」

そこで言葉を途切れさせ、ユーリが剣の柄に手をかける。

それと同時に、背後で草を踏みながらこちらへ近づいてくる足音が聞こえた。

「あらあら、どうしたの？」

「わっ!?」

赤ちゃんをあやすことに集中していて、近くに人がいたことに気づかなかった。

ふいに声をかけられ、歩夢がビクリと肩を揺らし振り返ると、六十歳前後くらいの女性が立っている。

その女性は歩夢の腕の中で泣く赤ちゃんを覗き込み、素早い動きでサッと抱き上げてしまった。

「え、あの……っ」

「何を……！」

ドラゴンの赤ちゃんを奪われた形になり、ユーリが気色《けしき》ばむ。

しかし、殺気立つユーリに目もくれず、女性は赤ちゃんを腕に収めユラユラ揺すった。

「ほーら、よしよし、どうしたのかしら？　なんで泣いてるの？」

すると不思議なことに、たったこれだけのことで赤ちゃんは徐々に落ち着きを取り戻していったのだ。

歩夢は思わず感嘆の声を漏らす。

「すごいですね。僕たちじゃどうやっても泣き止ませられなかったのに」

「ふふ、こういうのは経験がものを言うのよ。見たところあなたたち二人とも若いようだし、きっと初めての子供なんでしょう？　……って、あら？　二人とも男の子なの？」

女性は歩夢とユーリをまじまじと見つめ、訝《いぶか》しそうな顔をする。

言われてみれば、若い男二人が赤ちゃんを連れていたら違和感を覚えるだろう。

赤ちゃんを連れている経緯を正直に話していいものか考えていると、ユーリが一歩前に進み出た。

「こちらにいらっしゃいますのは、王都の高名な魔導士《まどうし》様です。魔導士様は志《こころざし》が高く、王国中を自ら視察し、困っている方々に手を差し伸べております。そして私は魔導士様の護衛を務めております」

ユーリはこれまでと打って変わって極上のスマイルを浮かべ、よどみなく嘘を並べた。

歩夢は呆気に取られてポカンと口を開けてしまう。

――ま、まどうし？　まどうしって何!?

戸惑う歩夢のことは無視し、ユーリは次に女性に赤ちゃんのことを説明する。

「そちらの赤子は、あちらの森で見つけたのです。傍に人の気配はなく、おそらく捨て子かと……。お優しい魔導士様が不憫に思われ、我々で保護して王都の孤児院へ連れていくところなのです」

「まあまあ、こんなに可愛い子なのに、かわいそうに……」

女性はユーリのでまかせをまるっと信じてくれたようだ。

赤ちゃんを見て悲しそうな顔をしている。

けれど少しして、笑顔でこんな提案をしてきた。

「よかったらこの先の村にある私の家へ来てちょうだい。赤ちゃんのお世話に必要なものをあげるわ」

それはとてもありがたい。

けれど、今会ったばかりの人にそこまでお世話になっていいのだろうか。

歩夢が返答を迷っていると、ユーリが完璧な笑みを顔に貼りつけ「ええ、ぜひ」と即答してしまう。

こうして女性の案内で彼女の住む村に立ち寄ることになった。

女性と代わる代わる赤ちゃんを抱っこし、草原を西に三十分ほど進むと、木造の家屋が集まっている小さな村が見えてくる。

村の周りには広大な畑が作られ、そこで男女問わず人々が畑仕事に精を出していた。

子供たちは畑の間に作られたあぜ道を駆け回り、なんとものどかな光景だ。

女性は村へ入ると、家々の一角にある平屋の一軒家へ案内してくれた。

その家は村の平均的な大きさだったが、玄関の付近には色とりどりの花が植えられた鉢がいくつも並べられている。

家の中も質素だけれどよく掃除されており、キッチンに置かれた小さな正方形のダイニングテーブルのイスに座って待つよう女性は言い、また外へ出て行った。

歩夢は赤ちゃんを抱っこしたままイスに腰かけ、その向かいにユーリが座った。

ホッと一息つく間もなく赤ちゃんが再びグズグズし始め、歩夢は優しく声をかけながら女性の帰りを今か今かと待つ。

「ただいま。さあ、赤ちゃんをこっちへ」

女性は布のかかった籠《かご》をテーブルに置くと歩夢を立たせ、赤ちゃんを受け取って代わりに自分がイスに座った。

そして体勢を整え、籠の中から哺乳瓶《ほにゅうびん》のような形をした瓶を取り出し、ぐずる赤ちゃんの口元に吸い口を持っていく。

「ミルクよ、美味しいから飲んでみて」

赤ちゃんはそれが何かわからないようで、最初は頭を振ってイヤイヤしていたが、女性が隙をついて口に吸い口を押し込むと、びっくりした顔をした後、大人しく飲み始めた。

「上手ね、いっぱい飲んでいいからね」

女性は哺乳瓶を片手で支えながら、ミルクを飲む赤ちゃんを優しい笑みを浮かべながら見つめている。

赤ちゃんはよほどお腹がすいていたのか、あっという間に瓶を空《から》にしてしまった。

「ふふ、たくさん飲んだわね、いい子」

次に女性が赤ちゃんの背中をトントンすると間もなくげっぷをし、今度はお尻をポンポンしながら彼女は歌を歌い始める。

すると赤ちゃんが瞼をゆっくり閉じていき、ものの数分で眠ってしまった。

「すごい、どうやったんですか？」

「子守歌を歌っただけよ。慣れれば自然と出来るようになるわ」

子育てしたことのない歩夢からしたら、女性はまるで魔法使いだ。

歩夢がひたすら感心していると、女性が赤ちゃんを歩夢にバトンタッチし、奥の部屋へ入っていった。

しばらくして戻ってきた彼女は、両手に可愛らしい服を何着も抱えていた。

「これを赤ちゃんに着せてあげて。うちの子が昔着ていたものだから、あまり綺麗じゃないけど。私が作ったのよ」

「いいんですか？」

「ええ。孫が生まれたら着せようって思って取っておいたのよ。だけどまだ孫は生まれそうにないし、孫が出来たらまた新しい服を作るわ」

女性の申し出はとてもありがたかった。

着替えの仕方やおしめのあて方もレクチャーしてもらう。

熟睡している赤ちゃんにおしめをして、思い出の品だろう服をそうっと着せてみると、ぴったりだった。

「サイズはちょうどいいみたいね。よかったら他のも持っていってね。赤ちゃんはよく汚すから、着替えは何着もあった方がいいわ」

そう言って女性は服を五着と大量のおしめ、先ほどの哺乳瓶と山羊《やぎ》のミルクが入った瓶も持たせてくれた。

「このくらいの赤ちゃんは、だいたい三時間か四時間置きにお腹がすくの。赤ちゃんが泣いたらまずおしめが濡れてないか見て、哺乳瓶にミルクを入れて飲ませてあげて。大抵はこれで泣き止むはずよ」

「ありがとうございます。すごく助かりました」

「いいのよ。私こそ、可愛い赤ちゃんを抱っこさせてくれてありがとう」

女性はニコニコしながら赤ちゃんの顔を愛《いと》おしそうにのぞき込む。

そうして「名前は？」と聞いてきた。

「名前って、赤ちゃんのですか？」

「そうよ。ずっと『赤ちゃん』って呼ぶのも可哀想でしょ？　名前をつけてあげた方がいいわよ」

確かに、これから旅をしていく上で村に立ち寄る機会もあるだろう。

その時に人前で「赤ちゃん」と呼びかけていたら変に思われるかもしれない。

ただでさえ男二人で赤ちゃんを連れていると目立つのだから。

「そうですね、名前をつけた方がいいですね」

「魔導士様が考えてあげたらいいわ。きっといいお名前をつけてくださるでしょうから」

「僕がですかっ？」

「ええ、魔導士様以上の適任者はいないでしょう？」

魔導士がこの世界でどういう地位にある人なのかわからないが、どうやら歩夢が考えている以上に偉い人みたいだ。

歩夢はチラリとユーリに視線を送る。

女性から見えない位置で思い切り睨まれた。

それはそうだろう。

元々は彼が見つけた卵から生まれた赤ちゃんなのだから、ユーリが名前をつけたいはずだ。

そうとは知らず、女性はユーリにも同意を求める。

「あなたもそう思うでしょう?」

ユーリは歩夢に向けた形相とは正反対の穏やかな顔で、「ですが」と反論する。

「名前をつけると別れが辛くなってしまいます。この子は王都の孤児院に預けることになりますので」

「だからこそじゃない。何一つ持ってないこの子に、一つくらい贈り物を持たせて送り出してあげてもいいでしょう?」

「しかし……」

女性は頑《がん》として引かず、ユーリも口調は優しげだけれど纏う空気でイライラしてきているのが伝わってきた。

歩夢はこの場を収めるため、ポンッと頭に浮かんだ名前を口に出す。

「『タツ』!」

「…………は？」

ユーリにジロリと鋭い視線を向けられた。

歩夢は慌てて説明をつけ加える。

「あ、あの、旅の間中ずっと『赤ちゃん』って呼ぶと、変な目で見られる気がして……。だから、とりあえずの仮の名前ってことで、『タツ』はどうかなって」

「どうして『タツ』なんですか？」

「えっと、それは……」

――言えない。

『ドラゴン』→『リュウ（リュウは赤ちゃんには雄々《おお》しすぎる気がする）』→『タツノオトシゴ』→『タツ』と連想しただなんて。

歩夢は口ごもりながら、「『タツ』なら『タッちゃん』とか『タッくん』って呼べるので」と告げる。

それがよくなかったようで、ユーリの目尻がどんどん吊り上がっていく。

憤怒《ふんぬ》の気配を感じ歩夢が首を竦めると、女性の明るい声が耳に飛び込んできた。

「いいじゃない！　可愛いお名前ね」

「そ、そうですか？」

「ええ。ほら、さっそく呼んであげて」

「えっと……。タッ」

女性の勢いに飲まれ、歩夢は腕の中で眠る赤ちゃんに呼びかけてみた。

するとスヤスヤと眠っていた赤ちゃんがニッコリ満面の笑みを見せたのだ。

「あ、笑ったっ」

「気に入ってくれたみたいね」

女性に言われ、歩夢はなんだか嬉しくなる。

名前をつけると、可愛いと思っていた赤ちゃんがさらに愛おしくなってくる。

二人で赤ちゃんを囲んで談笑していると、ユーリがひっそりとため息をついた。

もはやユーリも黙るしかないようで、渋い顔で口を噤む。

「あ、そうそう、よかったらこれも使って。スリングよ」

「えっと、これはどういうものですか？」

「こうして肩から斜めにかけて、赤ちゃんを入れるの。抱っこがずいぶん楽になるわよ」

女性に手伝ってもらいながらスリングにタッを入れてみる。

おさまりがよく、両手を使わなくても抱っこ出来るためずいぶん楽だ。

「わあ、これすごくいいですね」

「ずっと抱っこは大変だものね。赤ちゃんにとってても楽みたいで、よく寝てくれるわよ」

「ありがとうございます」

歩夢は女性に丁寧にお礼を伝え、村を後にした。

ところが、しばらく草原を歩き、辺りに人影がなくなったところでユーリに思い切り怒鳴られた。

「あなた、なんてことをしてくれたんですか⁉」

「ひっ」

「いいですか、ドラゴンの名づけは竜騎士団長《りゅうきしだんちょう》が行うと決められているんですよ⁉　それなのに得体の知れない人間が勝手に名前をつけるだなんて！」

「で、でも、仮の名前で……」

つい口から出てしまった一言が、ユーリをますます苛立たせてしまった。

「仮の名とはなんですか‼　このドラゴンは金色のドラゴンなんですよ⁉　仮の名であっても特定の名前をつけるなんて、とんでもないことです！」

ユーリの怒りはヒートアップし、怒鳴り散らされる。

歩夢はユーリの怒気に気圧され、身体が強張ってしまう。

そんなことおかまいなしにユーリは歩夢を責め立て、そしてその声で眠っていたタツがパチッと目を開いた。

「んぎゃ――――っ！」

「わっ、熱っ⁉」

泣き声と共に、腕の中から火柱が上がった。

その炎は目の前にいたユーリに向かっていき、彼の身体を包み込む。

「な………何？」

歩夢が訳が分からず呆然としている間にもタツは泣き叫び、そのたびに炎が発せられる。

そこでようやく、炎の元がタツであることに気づく。

タツが大きな声で泣くたび、小さな口から炎が吐き出されている。

そしてそれらは全てユーリに向かっていた。

「タ、タツっ、タッくん！　やめて、ユーリさんが火傷《やけど》しちゃう……っ」

歩夢は真っ青になってタツを宥める。

女性に教わったように、上擦った声で子守歌を歌いながらお尻の辺りをポンポンすると、少しずつ泣き声が小さくなっていった。

「タッくん、泣かないで」

「あー」

ご機嫌が直ったのを確かめ、ユーリへ歩み寄る。

ユーリは地面に片膝をついてしゃがみこみ、外套で身体を覆っていた。

「ユーリさん、大丈夫ですか？」

「……ええ」

　ユーリは外套を下げ、立ち上がる。

　見たところ、どこも怪我はしていないようだ。

「よかった、よくあの炎を受けて火傷しませんでしたね」

「私は竜騎士です。どのような魔物《まもの》と対峙してもダメージを最小限に抑えられるよう、魔法がかけられた防具を装備しています。この外套もその一つで、ある程度の攻撃は防ぐことが出来るんです」

　魔法がどうとか聞こえたが、今はとりあえずユーリの無事を喜ぼう。

「それにしても、今の炎、タッくん、ですよね？」

「ええ。この子は金色のドラゴン。炎を操る力も持っているようです。……おそらく、私からあなたを守ろうとしたんでしょう」

「あ、僕を親だと思ってるから？」

　ドラゴンは最初に見た者を親だと思う習性があると言っていた。

　タツにとって歩夢が親なのだ。

　歩夢は納得したが、ユーリは複雑な顔をしている。

　――そうだよね、元々はユーリさんの卵から生まれたんだし……。

　事故とはいえ、自分が卵を割ってしまわなければ、タツに親と慕われていたのはユーリだったはず。

それが今や歩夢に小言《こごと》を言うだけで炎を吐かれてしまう立場になっているのだから、ショックだろう。

これから王都まで長い旅になる。

先ほどの女性に聞いたところ、徒歩の移動だと王都まで一ヶ月かかるらしい。

しかし歩夢たちはタツを連れている。

赤ちゃん連れならお世話もあるし、もっとかかるだろうと言われた。

つまり、これから最低でも一ヶ月は三人で旅をすることになる。

その間、ユーリがこの世界のことに無知な歩夢を叱るたびに、タツが炎を吐くのは困る。

歩夢はじっとこちらを見ているタツの頬を撫でながら考えた。

どうしたらタツはユーリを仲間だと思ってくれるのか……。

そして一つ手段を思いつき、すぐさまそれを実行に移す。

「あの……、僕は國本歩夢です。歳は十八歳で、学生をしてました。父は生まれた時からいなくて、母は四年前に亡くなったので、それから親戚の家でお世話になってました。得意な科目は数学、苦手なのは運動です」

いきなり自己紹介を始めた歩夢を、ユーリは怪訝《けげん》な目で見てくる。

歩夢はユーリにも同じように自己紹介を求めた。

「ユーリさんのことも教えてください。まだ僕は名前くらいしか知らないので」

「どうしてですか？　必要ないでしょう」

「僕たちはお互いのことをほとんど何も知りません。これから旅をしていくわけだし、お互いのことを知って会話が増えれば、タツも僕とユーリさんは友達だと認識して、たまにユーリさんが僕に注意してきても、炎を吐くことはなくなるんじゃないかって思って」

「友達？　あなたと私が？」

思い切り不服そうな顔で返され、歩夢は少し傷つく。

どう見ても年上のユーリからしたら、歩夢みたいな子供と友達だなんて不満なのだろう。

この作戦は無謀だったか、と諦めかけた時、ユーリがため息混じりに口を開く。

「私の名はユーリ。代々竜騎士団長を務める家に生まれ、私自身も竜騎士団に入団しました。しかし、十年前に最後のドラゴンを失って以来、名ばかりの竜騎士団となっています。私は竜騎士団を復活させるため、一年前に一人で旅に出て、命がけでドラゴンの島へ渡り、卵を一つ手に入れることに成功しました。そして卵を王都へ持ち帰る途中にあなたと出会い、今こうして共に旅をしています。……不本意ですが」

最後にチクリと嫌味をつけ加えられたけれど、ユーリは歩夢の提案に賛同してくれたようだ。嫌々《いやいや》ながらも自身のことを話してくれた。

歩夢が嬉しそうな顔をすると、ユーリが苦虫をかみつぶしたような表情になる。

「言っておきますが、私とあなたは友人ではありません。ただの旅仲間です」

「はい、それで十分です」

本当は少し寂しさを感じたけれど、ユーリに『仲間』だと認めてもらえたことは大きい。

森で出会って以来、こうしてきちんと話をしてくれたのも初めてだ。

ずいぶんな進歩だと思う。

歩夢は嬉しくなってタツに話しかける。

「タッくん、わかった？　ユーリさんは僕の仲間だよ。だから火を吐いちゃ駄目だからね？」

「う？」

「たまにケンカするかもしれないけど、仲良しってこと」

「あー」

まだ赤ちゃんだから正確に意味はわかっていないと思うけれど、タツはニコッと笑ってくれた。

これから一緒に過ごす中で、会話を増やしてタツにユーリが仲間だと認識させていこう。

きっと今後会話は増える。

――だって、仲間なんだから。

いきなり全く知らない世界に来て、正直言うと心細かったのだ。

馴染みのない世界で、いきなりの長旅。さらに赤ちゃんのお世話まですることになった。

頼れる人は出会ったばかりのユーリだけ。

だから、そのユーリに仲間だと言ってもらえて安心した。

ニコニコしている歩夢を見て、ユーリは呆れたように「嫌味も通じないんですか」と言ってきた。

その言葉自体も嫌味なのだろうが、森を出た辺りに感じたトゲトゲしたオーラは消えている。

「さあ、出発しますよ。王都までまだ先は長い」

「はい」

「あー」

タツが絶妙のタイミングで返事をし、歩夢は頬を緩める。

ふと視線を感じてユーリを見やると、彼もまた柔らかい眼差しでタツを見つめていた。

ユーリもタツに愛着を感じてくれているようで、なんだか歩夢も嬉しくなる。

しかし、それに気づいたユーリがムッとした顔をして、自分の反応を誤魔化すように懐から丸い懐中時計のようなものを取り出した。

蓋を開き、盤面を見つめる。

どうやら方向を確認しているようだ。

――へえ、この世界にも方位磁針があるのか。

ユーリは進むべき方角を導き出したようで先に立って歩き出し、その後を歩夢が追いかける。

タツは眠ってはいないが、ご機嫌で空を流れていく雲を眺めていてくれた。

この調子なら思ったより距離を進めそうだ。

ところが一時間もしないうちにタツがぐずり出した。

「あれ？　どうしたの？　あ、おしめかな？」

確認してみたけれど、どうも違うらしい。

スリングの居心地が悪いのかと抱っこに変えてみたが、グズグズはおさまらない。

しまいには口の中で小さな炎がチラチラ揺れ始めた。

このままだとまた炎を吐いてしまう。

歩夢があれこれ手を尽くし、なんとかして機嫌を直そうとしていると、ユーリが「ミルクじゃないですか？」と言ってきた。

ユーリにミルクの用意をしてもらい、哺乳瓶をタツの口元に持っていく。

すると待ってましたとばかりにパクッと咥え、ンクンク飲み始めた。

「お腹がすいてたんだね、気づかなくてごめん」

タツは真剣な顔でミルクを飲んでいる。

それにしてもお腹がすくのがずいぶん早い。

あの女性は三、四時間は持つと言っていたのに。

「赤ちゃんなんだから時間通りにお腹がすくわけじゃないか」

歩夢がそう結論づけると、ミルクタイムを見守っているユーリが首を左右に振った。

「いえ、おそらくタツが金色のドラゴンだからでしょう」

「金色？　そういえばさっきもタッくんのことをそう言ってましたね」

新しい情報が次から次に入ってくるが、タツのお世話が第一のため余裕がなくて一つ一つ聞き返していなかったが、ドラゴンにも種類があるのだと教えてもらった。

翼を持つ翼竜《よくりゅう》、水を操る水竜《すいりゅう》、大地を割る力を持つ地竜《ちりゅう》など、様々な力を持つドラゴンがおり、それぞれどのような特性を持っているかは身体の色でわかるそうだ。

ある程度成長すると本来のドラゴンの姿へ変身出来るようになるそうで、人間を模倣しているドラゴンの場合は髪色が竜型になった時の身体の色になるという。

そしてタツの髪色は金。

金色の身体を持つドラゴンというわけだが、金色のドラゴンは特に希少で複数の能力を持っていることが多いという。

「タツは炎を操ることが出来る他、翼を持っているみたいですね。肩甲骨《けんこうこつ》の形が翼竜のものと似ていますから」

そんなすごいドラゴンだったとは……。

歩夢がまじまじ見つめると、タツがニッコリ天使の微笑みを浮かべてくれる。

この笑顔を見ていると、ユーリが言うようなすごいドラゴンには見えない。

というか、本当にドラゴンなのかすら疑わしくなってくる。

「タッくんがとてもすごい子なんだってことはわかりました。でも、金色のドラゴンだとどうしてミルクをたくさん飲むんですか？」

「金色のドラゴンは能力が高いため、より多くの栄養を必要とするんです。それに、ドラゴンは人間と同じものを食べても、一時の空腹は紛《まぎ》れますが成長は出来ない。ドラゴンの成長や体力回復には、黄金《おうごん》の果実《かじつ》が必要不可欠なんです」

また新たな単語が出てきた。

歩夢は頭がこんがらがりそうになりながら、黄金の果実とやらがどんなものか質問する。

「黄金の果実は、ドラゴンの亡骸《なきがら》を養分にして育つ竜の木にのみ実る、金色の果物です。ドラゴンが生息する島には竜の木がたくさん生えてますが、この大陸では黄金の果実は入手困難な状態です。ですが全くないわけではない。大陸に連れて来られたドラゴンが亡き後に育った竜の木が生えていることもありますし、竜騎士団の居住区には何本もの竜の木があり、ドラゴンが飢える心配がないほど果実がとれます」

だからこそ、黄金の果実を必要としない卵の状態のまま持ち帰りたかったのだと、ユーリは恨めしそうな表情で語った。

「す、すみません」

「まあ、もう孵化してしまったものは仕方ないです。黄金の果実を探しながら進みましょう。果実を一つ与えれば、一週間は何も口にしなくとも平気ですし、だいたい一ヶ月程度、身体も成長します。成長すれば世話も楽になるでしょうし。とりあえず次の村でミルクをもらって、黄金の果実の情報も集めましょう。黄金の果実は人間には万病の薬になるため、人々の間で情報が出回っていることが多いので、上手くいけばすぐに手に入れられます」

歩夢はコックリ頷く。

黄金の果実がタツに必要とあれば、なんとしても手に入れないといけない。

ミルクのみだとおおよそ一時間が空腹限界だ。

残りのミルクは後二回分。

四時間以内に村を見つけないとまたタツがお腹をすかせて炎を吐いてしまう。

タツのミルクタイムが終わると、ユーリは先を急ぐ。

寝息を立て始めたタツを起こさないよう、小声でユーリに聞いてみた。

「ユーリさんはずいぶんドラゴンに詳しいんですね」

「当たり前でしょう、竜騎士なんですから。ドラゴンのことを知らないと共に戦えない」

「えーっと、竜騎士っていうのは？」

「ドラゴンを操り魔物や敵国と戦う騎士です。あなた、そんなことも知らないんですか？」

「すみません……。僕、こっちに来たばかりで」

ユーリは足を止めずに聞いてくる。

「リアン王国の人間ではないんですか？　顔立ちが違うとは思ってましたが、どこの国からいらしたんですか？」

「異国っていうか、あの、信じてもらえないと思うんですけど、ここじゃない世界から来たんです」

変なことを言い出したと思われると予想しつつ、正直に打ち明けた。

けれどユーリはあっさり納得したのだ。

「ああ、異世界から来たんですか。ならこの世界のことを知らなくても無理はないですね」

「驚かないんですか？」

「ええ。地方ではあまり見かけませんが、王都には異世界から召喚《しょうかん》された方々がたくさんいらっしゃいます。城の魔導士が必要に応じて召喚してますので」

「僕の他にも異世界から来た人がいるんですか⁉」

「だから、そう言っているでしょう」

自分だけだと思っていたからびっくりしてしまう。

けれど他にも召喚された人がいると知って、少しホッとした。

同じ境遇の人たちに会えば、この心細さも軽減されるかもしれない。

「王都に着いたら、召喚者たちが暮らす地区に連れて行きますよ。きっと生活には困らないでしょう。リアン王国では召喚者は重宝《ちょうほう》されるんです。ほら、これも昔召喚された異世界の方が我が国にもたらした道具です」

ユーリは懐から方位磁針を取り出す。

「時計や暦《こよみ》も、召喚者が我が国に持ち込んだものです。我が国は剣などの武器の製造方法、街並みの整備、子供たちの教育など、様々なものを召喚者から学び取り入れてきました。おかげでリアン王国は大陸一の大国となったんです」

そんなにもこの世界の生活に影響を及ぼしていたとは。

いったいこれまで何人召喚されたのだろう。

「だから召喚者はとても重宝されています。……ですが、おかしいですね。異世界の者を召喚する時は、城の魔導士が召喚魔法を使い城へ召喚するはず。なぜこんな地方へ？」

「え、さあ……。僕も全くわからないです」

こんな地方に、いったい誰がなぜ歩夢を召喚したのか。

ユーリに聞かれたが、歩夢にもわからない。

「まあ、私が知らないだけで、こういうこともあるのかもしれませんね」

「もう一つ聞いていいですか？　その魔導士っていうのはどういう人なんですか？」

タツのお世話の仕方を教えてくれた女性にも、歩夢のことを魔導士だと紹介していた。

魔法が使えて異世界の人を召喚しているらしいが、それ以上はよくわからない。

「魔導士というのは、魔法を使って人々の困りごとを解決したり、魔物から王都や人々を守る方のことです。あなたが着ている服が、魔導学校の制服ととても似ているんですよ。魔導士もそのような服の上にローブを羽織っているんです。王国一の魔法使いである大魔導士様はとても人徳のある方で、王族や貴族だけでなく、リアン王国に住まう全ての民のために魔法を使うべき、というお考えのため、国民も大魔導士・サイアス様が率《ひき》いる魔導士にとても好意的なんです」

だからあの女性も魔導士と聞き、よくしてくれたのか。

それに高校の学生服が魔導士の服と酷似《こくじ》しているとは、もしかして魔導士の服を考案したのも異世界からの召喚者なのかもしれない。

「魔導士のほとんどは王都に住んでいます。たまに地方へ移る者もいますが、王都付近にいた方が、割のいい仕事が回ってくるんです。地方に住む魔導士は、王都での仕事をこなせないほど力の弱い者が多いようですが、地方なら仕事の依頼には事欠きませんから」

「へえ、魔導士さんも大変なんですね」

会話が途切れると、意外にもユーリから声をかけてきた。

「他に聞きたいことは？」

「ええっと……。あ、魔物っていうのは？」

「昔からこの大陸に生息している禍々《まがまが》しい姿をした生き物です。悪事を働くため、私たち竜騎士や魔導士が退治しています。ですが、魔物の中にも神聖とされているものもいて、ドラゴンはその代表格ですね」

「悪事……？」

「田畑を荒らしたり、時には人を襲ったり……。魔物は人とは相容《あい》れない存在です」

魔物の話をしていると、ユーリの表情が険しくなった。

よほど魔物を憎んでいるようだ。

竜騎士として魔物を退治する仕事に就いているからだろう。

ドラゴンと共に戦う彼が言うのだから、魔物というのは煩《わずら》わしい存在らしい。

それにしても、と歩夢はこっそりユーリを盗み見ながら心の中で呟く。

――ずいぶん色々話してくれるな。

歩夢が召喚者だとわかったからだろうか。

それとも、タツの手前、仲間として振舞う必要があるから？

ユーリの考えていることはわからないが、一ヶ月以上寝食を共にするのだから、こうして普通に会話が出来るようになって嬉しい。

それに、旅に同行するきっかけは卵を割ってしまった責任を取るためだけれど、今はもう一つ目的が出来た。

——王都に行けば、同じように別の世界から召喚された人に会える。

一人じゃないというだけで、ずいぶん心強い。

赤ちゃんを抱っこした歩夢を気遣い歩調をやや緩めてくれたユーリの後ろを、いくぶん足取りも軽くなって歩いて行った。


途中、タツのミルクタイムを二回経てようやく三人は次の村にたどり着いた。

時刻はすでに昼食時をずいぶん過ぎている。

ここまでタツのミルクタイムの他に休憩を挟まず歩き続け、歩夢の体力は限界寸前だ。

正直、これ以上歩き回る元気はない。

しかし、騎士として日頃から鍛錬を積んでいるユーリは全く疲れを見せず、食堂を探してさっさと行ってしまう。

「ユ、ユーリさん、ちょっと待ってください」

歩夢が慌てて呼び止めると、ユーリが眉根を寄せて振り向いた。

「どうしたんですか？　早く食事を終えて、黄金の果実の情報収集をしないといけないんですよ？」

時間がないんです、と急かされても、元々の体力が違う。

足がもつれそうになりながらなんとかユーリの後を追い、村で唯一の食堂へ入った。

中途半端な時間ということもあり、店内は閑散としている。

三人が店内へ足を踏み入れた途端、女性四人のグループ客がユーリを見て、顔を見合わせ何やら小声で話し出した。

――ユーリさん、格好いいもんなあ。

歩夢は彼と比べられるのが嫌で少し距離を置いてついて行き、窓際の席に座る。

「はあ、疲れた……」

ようやくイスに座って休憩出来る。

歩夢が背もたれに身体を預けて嘆息すると、ユーリが眉を持ち上げた。

「この程度でですか？　平地しか歩いていないのに？」

「そうなんですけど、こんなに歩くことなんてなかったので……」

「あなたがいたところは、いったいどんな世界なんですか」

軟弱すぎる、と暗に言われている気がして、歩夢は小さくなった。

これまで毎日勉強浸けだったから、たぶん自分が運動しなさすぎたのだ。

歩夢がそんなことを考えているうちに、ユーリが適当に料理を注文してくれた。

というか、そもそもメニュー自体がとても少ない。

ソーセージとポテトの盛り合わせ、卵とパンのセット、野菜スープ、魚のフライ、クッキー、ナッツの他は飲み物だけだ。

料理メニューに比べ、ドリンクはずいぶん品数が多い。アルコールの他に、フルーツジュース、野菜ジュース、ミルク、紅茶など、ざっと見ただけでも十種類以上書いてあった。

ユーリはその中からソーセージとポテトの盛り合わせと、卵とパンのセットを二つずつ頼み、歩夢にはフルーツジュース、タツにはミルクを頼んでくれた。

先に飲み物が運ばれてきて、ユーリはカップに入った香りの強い紅茶を一口飲む。寂れた村の小さな食堂の一角でただ紅茶を飲んでいるだけなのに、それが容姿の整ったユーリだというだけで、まるで煌《きら》びやかなお城のサロンにいるみたいな錯覚に陥る。

歩夢は哺乳瓶にミルクを移してタツに飲ませながら、眩しそうに目を細めた。

すると正面に座るユーリが怪訝な視線を向けてくる。

「なんですか、その顔は」

「いや、ちょっと……。なんていうか、優雅だなって」

「ああ、所作《しょさ》のことですか？　一応、貴族なので」

所作のことだけでなく、彼の秀でた容姿ゆえなのだが、歩夢はそこではなく別の部分にひっかかりを覚えた。

「貴族？　竜騎士団長の家系って言ってませんでしたか？」

「竜騎士団長を務める家系であり、子爵《ししゃく》の称号を得ているんです。なので、幼少期からそれなりに所作を叩き込まれてきました」

だからどことなく気品を感じるのか。

どうやらいい家のおぼっちゃんだったらしい。

――僕とは正反対の人だったんだ。

するとその時、別のテーブルで談笑していた若い女性がスッと近づいてきた。

そして歩夢には目もくれず、頬を染めながらユーリに声をかけ、彼もお得意の愛想笑いを顔に貼りつけ、丁寧な口調で女性と話し始める。

それを横目で見つつ、ミルクを全部飲み切ったタツを寝かしつけるため、お尻の辺りを軽く叩いていると、女性との会話を終えたユーリが小声で報告してきた。

「黄金の果実がこの近くにあるそうです」

「そうなんですか？」

「ええ。運がいい。ここから一キロほど東へいったところに小さな丘があり、そこに住む魔導士が竜の木の場所を知っているそうです。食事が終わったらさっそく行ってみましょう」

この短時間で黄金の果実の情報を得るなんてすごい。

ユーリはただ女性の相手が上手いだけでなく、計算した上で態度を変えているのかもしれない。

それでも、こんなにすんなり情報を聞き出せるなんて、やっぱり顔がいいと得なんだな、という感想を抱いた。

羨ましいと思わないでもないが、自分ではユーリほど効率的に容姿を武器として使えないだろう。

ともかく、ユーリのおかげで入手が難しいとされる黄金の果実の在《あ》り処《か》がわかった。

三人は食事を終えると、魔導士が住む丘へ向かって出発する。

タツのために、一日でも早く黄金の果実を手に入れた方がいい。

歩夢は残りの力を振り絞って、無心で丘を目指して歩き続ける。

そうして一時間ほど歩いて見えてきた丘を確かめ、歩夢は内心、ホッと安堵した。

険しい山道を想像していたが、小さな丘とあって傾斜のなだらかな道がてっぺんまで続いていたのだ。このくらいなら体力に自信のない自分でも登れるだろう。

歩夢はユーリにだいぶ遅れを取りながら、息を切らしてなんとか丘を登りきった。

頂上には小さな一軒家が建っており、これが魔導士の住む家のようだ。

歩夢が乱れた息を整えていると、ドアの前でユーリが話しかけてきた。

「ノックする前に、一つ注意しておきます」

「なんですか？」

「魔導士とは私が話します。あなたは一言も言葉を発さないでください」

いいですね、と念を押され、反射的に頷いていた。

それを確かめ、ユーリは木製のドアを二回ノックする。

ややあってからドアがわずかに開き、黒いフードをかぶった小柄な人物が隙間から顔を覗かせた。

「……誰だ？」

──あれ？　ずいぶん声が若い。

魔導士という名前からイメージして、年配の人だと思っていた。

けれど、魔導士の声は若い女性のものだったのだ。

ユーリはそのことに驚きもせず、用件を淡々と伝える。

「突然の訪問、失礼します。私たちは旅の者で、こちらに黄金の果実があると耳にし、お訪ねしました」

「黄金の果実が欲しいのか。ならば、相応のものを持ってきたのだろうな」

「ええ、もちろん」

そう言ってユーリは懐からジャラリと音のする小袋を取り出す。

「金貨ならあります。金貨何枚と交換していただけますか？」

この世界の貨幣には銅貨と銀貨があるのを、先ほどの食堂での支払いの時に知った。銀貨一枚出して、大きさの違う銅貨が何枚もおつりとして返ってきたことから、それよりも高額であろう金貨は大金だろう。

それを惜しげもなく何枚も渡そうというのだから、ユーリも黄金の果実をなんとしても手に入れたいようだ。

しかし魔導士は金貨の入った袋にはさして興味を示さず、そのまま扉を閉めようとした。

ユーリは閉じかけたドアをすんでのところで押さえる。

「お待ちを。金貨ならあります」

「金貨はいらん」

「なら何を？」

「魔道具《まどうぐ》だ。私のお眼鏡にかなう魔道具となら交換に応じる」

ユーリは困惑しているようだった。

――まどうぐ？　また知らない単語だ。

しゃべるなと言われているため、魔道具がどういったものか聞くことは出来ない。

ユーリがその魔道具とやらを持っていればいいのだけれど……。

歩夢は二人の様子をハラハラしながら見守る。

「……魔道具は持ち合わせていません。ですが金貨はあります。黄金の果実と金貨を交換し、手にした金貨でお望みの魔道具を揃えていただけませんか？」

「この辺りで金貨を払って手に入る魔道具は、もう全て持っている。私が欲しいのは珍しい魔道具だ。持ってないなら他を当たれ」

「いえ、そんな時間はないんです」

「そうだとしても、私には関係な……」

そこでふと、魔導士の視線が歩夢に向く。

そして唐突にドアを大きく開け、こちらに向かって走ってきた。

「え、何⁉」

魔導士は素早い身のこなしで歩夢の背後に回ると、背負っている学生鞄を漁《あさ》り出した。

「ちょ、ちょっと……っ」

「あった！」

魔導士が手にしていたのは、母の形見のノートだった。

「返してくださいっ」

取り返そうとするが、タツを抱っこしているから上手くいかない。

魔導士は断りもなくノートを開き、中を確かめる。

「やはり間違いない。……おい、お前、これをどこで手に入れた？」

「どこって、それは僕の母からもらったものです」

「母親から？　お前の母は魔導士だったのか？」

「いいえ、ただの教師ですけど？」

「なるほど、魔導学校の教師だったのか」

教師は教師でも、魔法を教える先生ではなく、数学教師だ。

けれどそれを言ったところで、余計話がややこしくなるだけだろう。

歩夢はノートを取り返すことを優先する。

「大事なものなんです。返してください」

「待て。これと交換するというのなら、好きなだけ黄金の果実をやろう」

「…………へ？」

「だから、この魔道具と交換してやると言っている」

――魔道具？　そのノートが？

わけがわからない。

歩夢が困惑していると、ユーリに肩を掴まれ小声で「黙っているように言ったでしょう」と咎められる。

「で、でも、あのノートは……」

「いいから、私に任せなさい」

ユーリはそう言い置き、魔導士と対峙する。

「ノートを返していただけますか？」

「嫌だ」

魔導士はノートを両手で抱え込む。よほど欲しいらしい。

ユーリは質問を変える。

「なぜそのノートに執着するんですか？」

「これがとても強力な魔道具だからに決まっているだろう？　隠してもわかる。このノートにはサイアス様の魔法がかけられている」

――サイアス様って、確か大魔導士の？

「そんなわけありません。だって、そのノートは母のなんですから」

つい口を挟んでしまい、ユーリに睨まれてしまう。

魔導士は歩夢の言葉を全く信じず、頑なにノートを手放そうとしない。

「魔導学校の教師なら、サイアス様と面識もあるだろう？　きっとサイアス様からいただいたものだ」

「違……」

「そのノートにどんな魔法がかけられているというんですか？」

歩夢に話させないため、ユーリが言葉を遮って魔導士に問いかける。

魔導士が言うには、ノートに書かれた術式の威力を増幅する魔法がかかっているそうだ。

魔導士なら誰しも欲しがる魔道具だという。

でも、そんな話、信じられない。

だって魔法がかけられたノートを、ただの数学教師の母がどうやって手に入れたというのか。

歩夢の戸惑いを察し、魔導士が何かを確かめるように再びノートを捲って聞いてきた。

「お前、ここことは違う世界から来たのではないか？」

「なんでそれを……？」

思わず本当のことを答えてしまい、ユーリがまた険しい視線を向けてくる。

魔導士は歩夢の答えを聞き、確信を持って告げてきた。

「このノートの最初のページに書かれているのは、この世界へ繋がる道を開く術式《じゅつしき》だ。ついでに言語習得の魔法も織り込まれている。お前はこのノートに書かれていた未完の術式を完成させ、そしてこの世界へやってきた。そうだろう？」

歩夢は母の言葉を思い出した。

『この世で生きていけないと思うほど辛いことがあったら、中を見なさい』

――まさか、あれってこういう意味だったのか⁉

この世で生きていけないのなら別の世界に行けばいい、という意味だった？

そんなことあるわけない。

母はただの数学教師で、魔法なんて使えない。

――でも、僕があの数式を解いた直後に、こっちの世界に飛ばされた。

ということは、やはり魔導士が言っていることが真実なのだろうか。

にわかには信じられない。

けれど、自分の身に起こった不思議な現象の原因を考えた時、魔導士の言葉はとてもしっくりきた。

ということは、もう一度同じ数式を書いて道を開けたら、元の世界に戻れるのではないだろうか。

一度は数学教師になるという夢を絶たれ悲観的になっていたが、元の世界に二度と戻れないのと好きに行き来出来るのとでは全然違う。

まだ元の世界に未練が残っている。

従兄弟には疎ましがられていたけど、伯父夫婦は歩夢に優しかった。二人にお世話になったお礼を伝えられていない。

それに、もしかしたら教師になるための道も他にあるかもしれない。

小さい頃から、母親と同じ数学教師になるという夢をずっと追いかけてきた。

その夢をこんな形で諦めたくない。

歩夢は魔導士にこの式を書けば元の世界に戻れるのか聞いてみた。

しかし、ノートの数式は一方通行の道で、こちらから元の世界へは行けないそうだ。

魔法にも色々細かく種類があるらしい。

期待していただけにがっかりしてしまう。

「でも、そもそもどうして母さんはこのノートを持っていたんだろ？」

いったいどこで手に入れたのか。

たまたまどこかで拾ったとか？

でも、ならなぜ魔法が発動する数式を書き残していたのか……。

考えれば考えるほどこんがらがってくる。

すると魔導士がこう言ってきた。

「昔、私がまだ魔導学校に通っていた頃、サイアス様が召喚者の少女と恋に落ちたという噂を聞いたことがある。召喚者は原則、元の世界へは戻れない。けれどいつの間にかその少女はこの王国からいなくなっていた。もしや、お前の母親がその少女なのではないか？」

「えっ、母さんが召喚者だった⁉」

そんなこと、一度も聞いたことがない。

けれど、母がその少女だとしたら全ての辻褄《つじつま》が合う。

――母さんもこの世界に……。

衝撃的な仮定の話を聞き、歩夢が呆然とすると、魔導士がおもむろに被っていたフードを下げた。

声から予想していた通り、魔導士は歩夢と同じくらいの女の子だった。栗色のクルクルカールした髪が可愛らしい。

大きなぱっちりした瞳で、魔導士は歩夢の顔をまじまじ見つめてきた。

「うーむ、サイアス様と似ているような似ていないような……。だが、このノートの術式を完成させ、この世界へ来たのなら、お前も魔法が使えるはずだ。サイアス様の血を引いているかもしれん」

「はぁっ？」

つい変な声が出てしまった。

この世界へ来たのは、あのノートの特殊な力のせいではないのか？

自分にも魔法が使え、さらにその力はサイアスから引き継いだ可能性があるということは……。

――僕の父さんが、サイアス様かもしれないってことじゃ……。

びっくりしすぎてもう感情が追いつかない。

これまで父親はいなかった。

写真の一枚もなく、母に父のことを尋ねてもはぐらかすばかり。

だから父親のことは考えずに生きてきたというのに、ここにきてまさか父親候補が出てくるとは……。

――もう、何がなんだか……。

「それで、話を戻すが、このノートの白紙のページ一枚と黄金の果実一つを交換というのはどうだ？」

歩夢はもうそれどころではなかったが、ユーリに肩を揺さぶられ、ようやく我に返った。

「どうしますか、白紙のページ一枚と黄金の果実一つを交換すると言ってますが」

「えっと……」

歩夢は腕の中で眠るタッツを見下ろす。

ノートは母の形見なのだから、本当はこのままの状態で持っておきたい。

――でも、タッくんのためなら。

歩夢はコックリ頷いた。

魔導士はパアッと表情を明るく変え、歩夢にノートを返してきた。

一番後ろのページに何も書かれていないことを確認し、一枚破って彼女に渡す。

本当に嬉しいようで、魔導士は紙を大事そうに抱いてピョンピョン飛び跳ねて喜んだ。

「さあ、黄金の果実を」

「待っていろ、今持ってくる」

ユーリに促され、魔導士は一度家の中に引っ込んだ。

そして正方形のガラスケースを持って戻ってくる。

ケースの中には、リンゴのような赤い実が一つ入っていた。

それを見て、ユーリがあからさまに怪訝な表情になる。

「黄金の果実と交換のはずでは？」

「まあ待て。このケースは魔道具なんだ」

そう言うと魔導士はケースの蓋を開け、赤い実を取り出す。

するとまるで手品のように、真っ赤な実が金色の果実に変わったのだ。

「ほら、よく見てみろ」

眼前に突きつけられた果実の周りには、七色の光の帯が微かに見えた。

その光はすぐにスッと消えていく。

ユーリは果実を手に取り、じっくり検分する。

そして「確かに黄金の果実です」と答えた。

「驚いたか？　このケースは、中に入れたものを少し違う見た目に変えられるんだ。元々は盗難対策で、金持ちが貴重品を保管するために作られたそうだが、ほとんど出回らずに廃《すた》れてしまった」

「どうしてですか？」

「ガラクタをわざわざケースになど入れないだろう？　このケースに入っていることで貴

重品だとばれてしまうからだ」

言われてみればその通りだ。

「私はこういう魔道具をコレクションしている。私にとっては金貨よりも大切な宝なんだ」

人から見ればそうでなくとも、本人にとって大切なものというのは存在する。

歩夢のノートもまさにそれだった。

今は価値のある魔道具だと判明したが、ただのノートであっても、大切なものに変わりはない。

「さあ、目的のものは手に入れただろう、さっさと去れ」

「あ、ちょっと待ってください。あの、ノートに書いてある式でどんな魔法が使えるのか、教えてもらえませんか？」

歩夢はノートを開き、魔導士に頼む。

他の魔法が使えるかわからないけれど、知っておけばいつか役に立つかもしれない。

魔導士は全ての式に目を通し、わかる範囲で教えてくれた。

歩夢はそれを余白に書き込んでいく。

「私にわかるのはこのくらいだ。他は見たこともない術式だった」

魔導士が教えてくれたのは書いてある式のうちの三分の二くらいで、残りは彼女も知らない式だという。

だが、歩夢にはただの数式にしか見えなかったので、これだけわかっただけで十分だ。

――おもしろいなあ。数学の問題が魔法発動の術式なんて。

数学が得意な歩夢がこの世界で生まれ育ったなら、魔導士は天職だと思っただろう。

歩夢はノートを閉じ、魔導士にお礼を告げる。

ユーリも話が終わったのを見て、一礼した。

そこでふと魔導士がユーリの顔を見つめて言った。

「ん？　お前、もしや竜騎士団長の息子か？」

「ええ、そうですが」

「やはりそうか。ずいぶん大きくなっていたからわからなかったぞ。前に王都で会った時は十歳にもならない子供だった。竜騎士団長のご子息が一緒なら、サイアス様の息子かもしれない少年も安心だな」

魔導士は一人でうんうんと頷いている。

ユーリも「以前、会ったことがあるんですね」と普通に返していた。

しかし歩夢は大魔導士・サイアスの話が出た時から引っかかっていることがある。

――この魔導士さん、いったい何歳!?

魔導学校に通っていた時に少女だった母の噂を聞き、子供のユーリにも会っている。

十代後半にしか見えないけれど、約二十年前にはすでに魔導学校に通っていた計算になる。

魔法の中には不老効果を持つものもあるのか？

気になったが、女性に年齢を聞けるはずもなく、歩夢はこの疑問は自分の胸の中だけにとどめておくことにした。

「では、そろそろお暇《いとま》いたします」

「ああ、気をつけてな。サイアス様のご子息かもしれない少年をよろしく頼むぞ」

「……はい」

ユーリは一瞬不服そうな顔をしたが、すぐによそ行きの笑顔で答えた。

――まあ、ユーリさんからすれば僕はおまけだもんな。

彼が第一に守っているのは、ドラゴンの赤ちゃんであるタツ。

彼からしたら、歩夢の出自などさして興味ないのだろう。

魔導士に別れを告げ、丘を降りようという空気になった時、眠っていたタツがパチリと目を開き、ユーリの持っている黄金の果実に手を伸ばした。

これが自分に必要なものだと、本能でわかったのだろうか。

タツは『ちょうだい、ちょうだい』とでも言わんばかりに両手を必死に伸ばす。

「タッくん、このままじゃ食べられないでしょ？」

タツはまだ歯が生えていない。

リンゴのように固い果実を齧って食べられないだろう。

村に戻って小さく切るかすりおろすかしてあげないと、と歩夢が考えていると、ユーリがものすごく怖い顔で睨んできた。

――僕、何かしたっけ？

歩夢がウロウロと視線を彷徨《さまよ》わせていると、魔導士が首を傾げる。

「その赤子に黄金の果実を食べさせるのか？　病気には見えないが……」

「我々はこれで。もう日が暮れますので」

ユーリは早口で捲し立て、歩夢の腕を引っ張る。

その拍子に歩夢の手があたり、果実が落ちてしまった。

「あ、落ちちゃった」

歩夢が呟いた直後、腕の中から怪獣のような叫び声が上がった。

「んぎゃ――――っ!!」

まずい、と思ったと同時に、タツの口から炎が飛び出す。

そしてその炎は魔導士の家へと向かっていき、壁を少し焦がした。

「わ、タッくん、落ち着いて」

慌てて宥めてもタツは泣き止まない。

とても腹を立てているような泣き声だ。

大きな炎を吐きながらタツは泣き続ける。

歩夢は突然のことに動転しながら、なんとか泣き止ませようと試みるが、全く効果がない。

どうしよう、と泣きそうになりながらあやし続けていると、ユーリが地面に転がった黄金の果実を拾いタツの手に触れさせた。

するとタツはピタッと泣き止み、両手でしっかり果実を持ってペロペロ舐め始める。

「ユーリさん、ありがとうございます」

ホッと嘆息する歩夢の耳に、今度は魔導士の悲鳴が聞こえてきた。

「家がっ、コレクションがっ」

タツの炎を何度も受け、木造の家屋が燃えている。

魔導士は集めている魔道具を取りに炎の中へ飛び込もうとした。

それをユーリが間一髪で制す。

「離せっ。コレクションが燃えてしまう！」

「こんな火の中に飛び込んだら、あなたも燃えてしまいますよっ」

魔導士は泣きそうなくらい顔を歪め、燃え盛る炎に包まれた家を見て唇を噛みしめる。

——火を消さないと……！

歩夢は手の中にあるノートの存在を思い出す。

ページをめくり、先ほど教えてもらったばかりの水の魔法を発動させる数式を見つける。

鞄の中からシャーペンを取り出し、急いで数式を解いていく。

こんな切迫した状況で数式が解けるか不安だったが、問題に向き合うと不思議なほど頭が冴えていった。

「ここがこうで、こうして、こうなるから……」

いくつもの計算を経て、歩夢はようやく答えを導き出す。

「よし、解けた！」

するとノートから七色の光が煙のように立ち上った。

これは魔法の光。

この光が消えてしまわないうちに、歩夢は頭の中で強く念じた。

――水で火を消す！

手に持っていたシャーペンを火に包まれた家屋に向けると、その先からイメージした通りに水が勢いよく噴出する。

まるで消防車の放水並みの威力で、みるみる炎を消していき、しばらくして鎮火《ちんか》することが出来た。

「やった……！」

一か八かだったが、魔法が使えた。

それもこれも母の遺してくれたノートのおかげだ。

歩夢はノートを抱く腕に力を込めた。

「私のコレクション！」

魔導士は火が消えた家に飛び込む。

消火のための水でビチャビチャだし、家の一部は焼けてしまっていたが、中の魔道具は無事だったようだ。

魔導士は心底ホッとした顔で戻ってきた。

「すみません、家を火事にしちゃって」

「いい。コレクションは無事だったのだから」

そう言ってくれたが、やはりタツの親代わりとしては責任を感じる。

歩夢は何かお詫び出来ないか考え、ノートの白紙ページをもう一枚破って手渡す。

「あの、このくらいじゃあお詫《わ》びにもならないですけど、よかったら」

おずおずと差し出すと、魔導士は瞳を大きく瞬かせ、ガシッと紙を掴んだ。

「いいのか⁉」

あまりにも喜色満面で言われ、気圧されつつも歩夢は頷く。

魔導士は小躍りしそうな勢いでその場でクルクル回って、全身で喜びを表した。

彼女にとって、ノートの白紙一枚が家よりも貴重みたいだ。

喜んでくれてよかった、と安堵していると、ユーリが魔導士を呼び止める。

「どうか、今日のことは内密にお願いします」

ユーリはえらく神妙な顔つきをしている。

魔導士はスッと笑みを消し、語気を強めて言った。

「……今日、私はずっと一人だった。そして魔道具の実験中に誤って出火してしまった。竜騎士団長の息子も、サイアス様の息子らしき子も、ドラゴンの赤子も見ていない。……それでいいな？」

「ええ。そのようにお願いします」

ユーリと歩夢は今度こそ魔導士に別れを告げ、丘を降りる。

丘を降りきった辺りで、果実をペロペロ舐めていたタツが再びぐずり出した。

「お腹がすいたのかな？」

「時間的にそのようですね。人目もないので、さっそく黄金の果実を食べさせましょう」

ユーリはそう言うと近くの小川に移動する。

夕日に照らされ、景色はオレンジ色に染まっている。

日が落ちる前に村へ戻りたかったが、タツの食事が優先だ。

ユーリはタツからいったん果実を預かり、川の水で洗った。

タツは食べ物を取られたと思い怒って泣き出したが、開いた口に、あらかじめ用意しておいた哺乳瓶を咥えさせて誤魔化す。

ユーリが小型ナイフで果実の皮を剥きそれをタツに渡すと、チューチュー吸い始めた。

その隙に小さく切った果実を平たい石の上に置き、洗った石でゴリゴリすり潰していく。

すり潰した果実を歩夢がスプーンですくってタツの口元へ持っていくと、警戒もせずすぐにパクッと口に含んでくれた。

口をモゴモゴさせ、味わってから飲み込む。

そしてまたすぐ催促するように口を開けてきた。

歩夢はせっせとスプーンを口に運び、ユーリは残りの果実を潰して赤ちゃんが食べやすい形状にしていく。

黙々と各々の作業に集中し、タツは丸々一個果実を食べてくれた。

タツは満腹になったようで、ご機嫌で何やら声を上げている。

歩夢とユーリはしばらくその場で休憩することにした。

「これで七日は食べ物の心配がなくなりました」

「そうですね。タッくんも嬉しそうです」

タツの脇の下に手を入れ高い高いしてあげると、ケラケラと楽しそうに笑う。

可愛いけれど、いつもより重い気がする。

「ん？　タッくん重くなった？」

「黄金の果実を食べたから成長したんですよ。試しに座らせてみてください。一人で座れるようになっているかもしれません」

　タツを平らな石の上に降ろしてみる。

　これまでは寝返りを打つ程度でグニャグニャしていた身体がしっかり芯を持ち、一人で座れるようになっていた。

　まだグラグラしているものの一人座りが出来たことに、歩夢は感動する。

「わー、すごいよ、タッくん！　お座り出来てる！」

　褒められたタツが満面の笑みを見せる。

　歩夢は本当に嬉しくて、ユーリにもよく見てもらおうと彼の肩を叩く。

「ユーリさん、タッくんすごいですよ！」

「正常な成長の過程です。黄金の果実を食べたのだから、成長してもらわないと困ります」

　興奮する歩夢と対照的に、ユーリは冷静に返してきた。

　確かにそうなのだが、それでも初めて一人座り出来たのだ。もう少し喜んでもいいのではないだろうか。

　歩夢はユーリとの温度差を感じた。

「それと、一つ大事な話をします。よく聞いてください」

「は、はい」

急に厳しい顔つきで切り出され、歩夢はタツが倒れないよう背中に手を添えながら耳を傾ける。

「先ほどの魔導士には、タツがドラゴンだということを知られてしまいました。炎を吐いたのは不可抗力なので仕方がないにしても、あなたの言動で、タツに黄金の果実を食べさせようとしていることを気取られたんです。今後、気をつけてください」

「す、すみません」

タツが黄金の果実を食べたそうにしていたから、つい言ってしまった。

黄金の果実は人間が食べても害はない。

むしろ病気治癒に高い効果を発揮する、万病の薬として使われているそうだ。

そんなものを元気な赤ちゃんに食べさせたら、見た人は不思議に思うだろう。

ドラゴンの生態を知っている人なら、タツの正体に気づくかもしれない。

「富裕層の間では、財力を誇示するためにドラゴンを飼う者や、手なずけて利用しようという連中も少なからずいます。もし懐かなかった場合は絶命させ、竜の木を育てて黄金の果実を売ればいい、と考えている輩《やから》もいるんです」

「そんな人たちがいるんですか!?」

「ええ、ドラゴンは生死を問わず、非常に価値がある生き物なんです。つまり、タツがドラゴンだと知られれば、心ない連中に狙われる可能性が高くなります」

――タッくんが誘拐されちゃう!?

歩夢に褒めてもらいたくて一生懸命お座りしているタツが、攫われてしまうかもしれない。

それを想像しただけで心臓が締めつけられた。

――そこまで考えてなかった……。

お腹がすいたと泣く時以外は、歩夢はタツがドラゴンであることを忘れている。

こうして微笑むタツは、ただの可愛い赤ちゃん。

けれど、本当は特に希少な金色のドラゴンなのだ。

知られれば攫ってでも手に入れたいという輩が出てくるだろう。

「すみません、僕、ちゃんとわかってなくて……。気をつけます」

「そうですね、細心の注意を払ってください」

ユーリは話を終わらせると支度を始める。

「村へ戻りますよ。もう日が暮れる。今夜はあの村の宿に泊まりましょう」

夕闇が訪れつつある道なき草原を、ユーリの後に続いて歩く。

歩いているうちにタツはいつの間にか眠ってしまった。

プクプクしたほっぺたが最高に愛らしい。

——この子を守らなくちゃ。

自分の不注意で危険にさらすわけにはいかない。

天涯孤独な歩夢にとって、もうタツは家族と言えるような存在だ。

その時、ふと魔導士との会話を思い出す。

——サイアス様が僕の父親かも、か……。

異世界の住人が父親だから、母は父について何も教えてくれなかったのだろうか。

急に父親候補が現れてびっくりしたけれど、落ち着いて考えてみると会ってみたい気持ちがわき上がってきた。

——もう一つ、王都に行く目的が出来た。

一つ目はタツを送り届けること。

二つ目は召喚者に会うこと。

そして新たに、父親候補のサイアスに会いに行くことが追加された。

とても偉い人のようだから簡単には会えないかもしれないけれど、王都にいればいつかどこかで会えるかもしれない。

——とりあえず、まずは王都へ無事にたどり着かなくちゃ。

歩夢はタツをしっかり抱き、少なくなった太陽の明かりを頼りに異世界の大地を踏みしめた。

疲れからぐっすり熟睡していると、いきなり顔をベシンと叩かれ飛び起きる。

「ふぇ!?」

まず目に入ったのは、右手を上げたタツのニコニコ笑顔だ。

「今のタッくん？　もー、ペチンしちゃ駄目だよ」

「う？」

「だーめ。わかった？」

「あー」

まだ赤ちゃんだから意味は通じていないだろうし、そもそもとっても可愛いから全て許せてしまう。

タツと少し遊んでから、歩夢はメガネをかけ、まだ半分寝ぼけた頭で辺りを見回す。

頭上では大きな木が、太陽の陽射しを遮るように枝葉を大きく広げている。

その他は左右どこを見ても、緑の草原が続いていた。

歩いても歩いても代わり映えのしないこの景色に、いい加減飽きてきている。

――昨日も野宿したんだっけ。

歩夢はタツを足の間に座らせ、両手を上げて大きく伸びをする。

寝たのに身体が重い気がするのは、地面で眠ったのが原因だろう。

「次の村、まだ着かないのかな」

タツが黄金の果実を食べてから五日が過ぎた。

歩夢とユーリは二日歩き続けているが、いっこうに次の村が見えてこないのだ。

これまで長くとも半日歩けば次の村にたどり着いていたので、この国には小さな村がいくつも点在しているのだと思っていたのに、それはどうやら違ったらしい。

「そろそろ次の村に着かないと、タッくんのお腹がすいちゃうよ」

野宿よりも何よりも、それが一番心配だ。

村へ行けばミルクを分けてもらえる。

運がよければ黄金の果実の情報も得られるだろう。

今日か明日には村を見つけないと、タツが空腹になって火を吐いてしまう。

「困ったなあ、タッくん」

「あー」

話しかけられるのが嬉しいようで、タツはニコッと笑う。

タツの食料問題が逼迫《ひっぱく》しているというのに、この笑顔を見ると気持ちが緩んでしまう。

歩夢がだらしなく頬を緩めていると、辺りを散策していたらしいユーリが戻ってきた。

「やっと起きましたか」

言いながら、近くの川で汲んだ水が入った瓶を歩夢に差し出してくる。

礼を言ってそれで喉を潤していると、ユーリがため息をついた。

「どうしたんですか？」

「どうもこうもないでしょう、村がないんですよ」

「もう少し歩けばあるんじゃないですか？　たまたまこの辺りにないだけで」

ユーリはまたため息をこぼす。

「王都への道からずいぶんそれてしまったんです。この辺りの地理に詳しくないので、とりあえず方向だけを頼りに進んでいる状況です。次の村がどこにあるのかわかりません」

タツのために黄金の果実の情報を求め、真っ直ぐ王都を目指すのではなく、寄り道をしながら進んできた。

そして二日前、この辺りで竜の木を見たという証言を得てやって来たのだが、どうやら確かな話ではなかったようだ。

結局竜の木は見つからず、挙句に王都への正規ルートからも外れてしまい、遭難《そうなん》一歩手前の状態になってしまっている。

さすがのユーリも不安を感じているようだった。

「だ、大丈夫ですよ。方向はあっているんですし、歩いていればそのうち王都へ着きますよ。それに村もありますって」

「根拠は？」

「う……っ」

根拠などない。

ただユーリの不安を軽くしたかっただけ。

なのに、この状況で根拠を求められるとは……。

歩夢は必死に考え、あることを思いつく。

鞄を探り、ノートを取り出してページを捲る。

「あ、これ！　これを試してみます！」

歩夢が開いたのは、千里《せんり》眼《がん》の魔法が発動する数式。これは確か探し物をみつけられる魔法だった。

歩夢が魔法で村を探してみると言うと、ユーリが目を吊り上げる。

「そんな魔法があるのなら、なぜもっと早く言わないんですかっ。その魔法が使えるのなら、そもそも黄金の果実の情報を集める必要もなかったですし、ガセネタを掴まされて道を見失うこともなかったんですよ!?」

「ご、ごめんなさい。僕もきちんと把握してなくて……」

「謝ってないで、さっさと魔法を使ってください」

ユーリにせっつかれ、歩夢は千里眼の数式を解いていく。

今一番見つけたいのは次の村。

歩夢は問題を解き終わると目を閉じ、頭の中で村の場所を探し求める。

そしてそうっと目を開くと、周りの景色がものすごい速さで通り過ぎ、やがて小さな村を映し出した。

歩夢は集中していた意識をフッと解く。すると景色が一瞬で元へと戻った。

──見えたけど、気持ち悪い……。

目が回る感覚が気持ち悪くて、歩夢はしばらく目をつむって横になる。

「それで、村は見えましたか？」

「は、はい。このまま真っ直ぐ進むとあります。たぶん二時間歩けば着くと思います」

ユーリはほうっと息をつく。

目が疲れる魔法だけど、少しは役に立てたようでよかった。

今まで道程はユーリに任せきりだったけれど、これからは少し手助け出来るだろう。

歩夢の眩暈《めまい》がおさまるのを待ってから、三人は次の村を目指して歩き出す。

そして二時間弱歩いたところで、歩夢が魔法を使って見たのと同じ村を発見した。

ひとまず食堂に入り、久しぶりの温かい食事を摂る。

野宿している間は、ユーリが持っていた保存食を分けてもらい食べていた。乾燥させたパンと干した肉でも空腹はしのげたが、出来立ての料理が恋しかった。

歩夢はタツを隣の椅子にちょこんと座らせ、片手で支えてやりながら黙々と料理を口に運んでいく。

ユーリは水をつぎ足しに来た店員に、黄金の果実がどこかにないか尋ね、村の西に位置する方向に進むと湖があり、そこに黄金の果実がなっていると教えてもらった。

さっそくそこへ向かおうとするユーリに、店員はこう忠告してきたのだ。

「行かない方がいいですよ。あの湖には恐ろしい魔物がたくさん住んでいるんです。近づく人間を襲うんですよ」

ユーリは心配して止める店員に笑顔で礼を言い、三人は食堂を出る。

そして人気のない民家の裏手に移動すると、歩夢にもう一度千里眼の魔法を使うよう言ってきた。

「湖はここから一時間歩いたところにあるそうですが、また無駄足は踏みたくない。情報が正しいか確認してもらえますか？」

正直なことを言うと、あまりあの魔法は使いたくない。

しかし、タツの空腹限界も迫ってきている。

歩夢が再び千里眼の魔法を使い湖の様子を確認してみると、情報通りに湖の真ん中の小島に、黄金の果実を実らせた木が生えているのが見えた。

「……ありました、黄金の果実がいくつかなっています」

「そうですか。よかったです。では、さっそく向かいましょう」

「ちょ、ちょっと待ってください。目が回って……」

「ああ、そうでしたね。しばらく休んでいいですよ。それから出発しましょう」

歩夢が役に立ったからか、ユーリが珍しく優しい。

民家の壁にもたれて休んでいると、ユーリがノートを見せてほしいと言ってきた。

歩夢が了承すると、彼はノートを開き、各ページにじっくり目を通していく。

「ユーリさんも魔法が使えるんですか？」

「まさか、私は竜騎士ですよ？　ただ、あなたはノートに書いてある魔法を把握していないでしょう？　他にも使える魔法があるかもしれないので、一応確認しているんです」

なるほど、今回のようなこともあるし、ユーリにも見ておいてもらった方がいいだろう。

歩夢が休憩している間、ユーリはノートをくまなくチェックしていた。

「お待たせしました、もう出発出来ます」

眩暈の症状が治まり、三人は湖を目指して進んでいく。

その道中、歩夢は気になったことを質問した。

「湖には魔物がいるんですよね？　どんな魔物でしょうか」

「おそらく水の魔物でしょう。水の魔物は水中に生息しています。水の中だと手こずりますが、陸だと動きが遅くなる。小島にたどり着いた後、素早く果実をもいで離脱すれば、魔物に捕まらないでしょう」

「でも、湖の真ん中にある島に竜の木が生えてるんですよ？　湖を泳いでいかないとたどり着けませんよ？」

歩夢が不思議に思っていると、ユーリが得意顔で振り返った。

「秘策があります」

「秘策？　なんです、それは？」

「タツはドラゴン。それも翼竜の能力を持っていると話したでしょう？　タツの背に乗って小島まで飛んでいけばいいんです。そうすれば水中に入らずにすみます」

「こんな小さなタッくんには乗れないですよ」

「このままのサイズでは無理ですが、もう少し成長させれば、竜型に姿を変えたタツの背に乗れるようになります」

「成長させるには黄金の果実が必要ですよね？　今一つも持ってないですよ？」

だからユーリの作戦は実行出来ないと思ったが、彼は得意顔で歩夢を指さした。

「そこで、あなたの魔法が必要になるんです」

「僕の魔法？」

そんな魔法があっただろうか。

歩夢はノートを取り出す。

パラパラとページを捲り、『成長魔法』と書かれた数式を発見する。

「もしかして、この魔法ですか？」

「ええ、そうです。その魔法は一時的に成長を早める魔法です。その魔法でタツを十歳程度成長させればいいんです」

この魔法、てっきり植物の成長を早める農作業お助け魔法かと思っていた。

生き物にも使えたのか。

「でも、この魔法をタッくんにかけても大丈夫なんですか？」

身体に負担がかかる気がして質問すると、「少しなら大丈夫でしょう」と返答がきた。

「節度を守れば、成長魔法が身体に大きな害をもらすことはなかったはずです。たとえば植物で言うと、芽吹いた直後に樹齢百年の大木に成長させると枯れてしまうこともあるそうですが、若木程度なら大丈夫だったはず。成長させればさせるほど体力を消耗すると聞いたことがあるので、人を背に乗せられる最低年齢の十歳程度にとどめておきましょう」

そんな微調整が出来るだろうか。

不安はあるが、やらないと黄金の果実を手に入れられない。

「魔物に気づかれないギリギリのところまで行き、そこでタツに魔法をかけましょう」

少し歩くと、小さな森に入った。

千里眼の魔法で見た時、この先に湖があった。

木々が密集した森の中を進み、陽光が反射して水面がキラキラ光る湖が見えてきたところで足を止める。

ちょうどタツもお昼寝から目覚め、頭上で揺れる葉っぱを目で追いご機嫌な様子だ。

「タツをここに座らせてください」

ユーリに言われるまま、タツを降ろしノートを開く。

シャーペンを手に数式を解いていき、目を閉じタツの成長を念じる。

最後にシャーペンをタツに向けると、七色の光がフワフワと立ち上り、お座りするタツの身体を包みこんだ。

タツの身体は徐々に大きくなっていき、途中で着ていた服が破れてしまう。

脱がせておけばよかった、と反省しつつ、タツの成長を見守る。

しばらくしてタツは赤ちゃんから少年の姿に変化した。

タツ自身も驚いているようで、真ん丸の瞳をパチパチさせて、突然伸びた手足を不思議そうに観察している。

「か、可愛い……！」

赤ちゃん姿も可愛らしかったが、十歳程度に成長した姿も愛らしい。

元々の顔立ちがいいから、成長したらすこぶる美少年になった。

歩夢が目尻を下げて見つめていると、ユーリがタツの前に進み出て指導を始める。

「タツ、よく聞きなさい。この湖の先の小島に、あなたの大好物の黄金の果実がなっています。それを取りに行くので、力を貸してください」

「……ん」

タツはじっとユーリの言葉に耳を傾けた後、首を縦に振る。

身体と共に知能も成長したようで、ユーリの言葉も理解しているようだった。

「では、これから私の言う通りにするんですよ。……まず、目を閉じて気持ちを落ち着けて。それから、自分の身体がもっと大きく強くなるイメージを頭の中で描いてください」

「んーっ」

両手をグーの形に握り、タツは素直に従う。

「そうです、上手ですよ」

するとみるみるタツの肌が金色に変わり、柔らかな皮膚が硬質なものになっていった。

手の爪も伸び、口からは鋭い牙が覗く。

次第に身体のフォルムも変化していき、やがて体長三メートル弱の金色のドラゴンになったのだ。

「タッくん、本当にドラゴンだったんだ……」

「そう言ってるじゃないですか」

初めて見たドラゴン姿に歩夢がポカンとしていると、ユーリに呆れた顔をされた。

タツは最後に背中にポンッと翼を生やし、これで変身は完了だ。

「とても上手でしたよ。さあ、タツ、私を背中に乗せて小島まで飛ぶんです」

タツはユーリと歩夢を交互に見て、イヤイヤと首を振る。

ユーリは眉間に皺を寄せながら「背に乗せなさい」と繰り返したが、タツはそれを拒絶するように歩夢の前で蹲《うずくま》る。ペッタリ地面にうつ伏せになって、歩夢の胸に鼻先を擦りつけてきた。

そうっと硬い皮膚を撫でてやると、喉の奥から唸り声のようなグルルという音を出す。

姿も大きさもずいぶん変わったが、こうして甘えてくるところは赤ちゃんだった時と何も変わっていない。

歩夢は愛おしさをこめて何度も撫でてやる。

タツも心地よさそうに目を閉じた。

「タツ、こっちへ来なさい」

ユーリがタツの翼のつけ根辺りに手を触れる。

タツは大きく翼を羽ばたかせ、彼の手を振り払った。

ユーリはショックを受けたように顔色を曇らせる。

「……タツ、黄金の果実を食べたいでしょう？　アユムさんはあなたに乗れません。私を乗せるんです」

タツはユーリのことを無視して、歩夢に猫のように甘え続けた。

だんだんユーリが苛立っていく。

ユーリは無理矢理跨ろうと試みて、またしても拒否されてしまう。

歩夢はユーリの苛立ちがあと少しで最高潮に達する気配を感じ、つい言っていた。

「あの、僕が乗りますっ」

「馬鹿なことを言うんじゃありません。訓練も積んでいないのに、ドラゴンに乗れるわけがない」

「で、でも、僕なら乗せてくれると思うんです。……タッくん、僕と一緒がいいんだよね？」

「グルル……」

タツが『その通り』という風に返事した。

ユーリはますます渋面になる。

けれどタツが歩夢から離れない様子を見て、渋々《しぶしぶ》了承してくれた。

「仕方ないですね。もうそれしか手がない。……ではタツ、そのまま頭を下げた姿勢でいてください」

そして歩夢を呼び寄せ、うつ伏せたタツの背に乗るよう言ってきた。

——乗れって言われても、どこに乗ればいいのか……。

歩夢が考えていると、さらに詳しく、翼のつけ根の前に乗るのだと教えてくれた。

怖々跨《また》がってみたら、翼の生えている硬い部分が低い背もたれ代わりになって身体を支えてくれる。

「えーっと、どこに掴まれば？」

「竜騎士団のドラゴンには本来鞍をつけるのですが、ここにはないので……。そうですね、首筋のこの辺りに手をついておけばいいんじゃないですか？」

つきやすい位置に両手を置いてみる。

じっとしているんだったらこれで姿勢を維持出来るが、これからタツは飛ぶのだ。

これだけだと落っこちそうで怖い。

「あの、これだと落ちちゃうと思うんですけど」

「ならしがみつけばいいでしょう。訓練を積んでいないのにドラゴンに乗ると言い出したんですから、落下の覚悟があると思ってましたが？」

ユーリの言葉に見えない棘《とげ》を感じる。

どうやら竜騎士である彼を差し置いて素人の歩夢がタツに乗ることを、不満に思っているようだ。

歩夢は、落ちそうになったらとにかく首にしがみつこう、と覚悟を決める。

「さあ、タツ、これから空へ上がりますよ。背中の翼を大きく羽ばたかせてください」

翼がバサバサと音を立てて動き出す。

「そうです、もっと大きく風を受け止めるように動かすんです」

タツは指示通りさらに大きく翼を広げ羽ばたき、少しずつ視界が上昇していった。

「わ、浮いた！」

そのまま地面から五メートルの位置まで浮き上がり、ユーリの「小島へ向かってください！」という声を聞き、タツが方向を変え湖の小島へ進み始める。

「すごい、タッくん！　飛べてるよ！」

「グルル」

「わっ」

歩夢に褒められ、タツが一瞬集中を途切れさせたらしい。

ガクンと高度が下がり、タツは慌てて翼を羽ばたかせる。

――危ないところだった。タッくんの邪魔をしないようにしよう。

タツは懸命に翼を動かし、小島へ向かおうとする。

しかし、なにせ初めての飛行。

真っ直ぐ飛ぶことが出来ず、フラフラと蛇行《だこう》している。

焦ったタツが真っ直ぐ飛ぶことを意識すると、今度は徐々に下降してしまい、あわや水面に着水してしまいそうになった。

「タッくん、上へ上がってっ」

水面ギリギリで急上昇し事なきを得たが、飛行のアドバイスは歩夢には出来ない。

時折岸に残ったユーリが指示を出してくれているようだが、羽ばたきの音にかき消され正確に聞き取れなかった。

ということは、今タツに指示するのは歩夢しかいない。

目的の小島まで到着するために、歩夢はひたすらタツを励《はげ》ました。

そうしてフラフラしながらも、なんとか小島に降り立つことに成功したのだ。

全身に力を入れていたため、妙な疲労を感じながらずり落ちるようにタツから降りる。

「はあ、着いた」

「キュー……」

「大丈夫だよ、とっても上手だったから。いい子だね、タッくん」

タツは上手に飛べなかったと落ち込んでいたが、初めての飛行で目的地にちゃんとたどり着けたのだから上出来だ。

歩夢はしょんぼり頭を俯けているタツを撫でまわす。

「ここまで連れて来てくれてありがとう、タッくん」

「グルル……」

タツは太く長い恐竜のような尻尾を、バタンバタンとさせて喜んでいるようだ。

歩夢はさて、と小島を見渡す。

直径二十メートルほどしかない小さな島には、情報通り竜の木が生えていた。

その木の下に行き見上げてみると、三つの黄金の果実がなっている。

「三つある。これだけあれば王都まで持つかも」

歩夢はタツを呼び寄せ、頭に乗って持ち上げてもらう。

不安定な体勢の中、なんとか黄金の果実を一つもぐことが出来た。

「タッくん、黄金の果実だよ。ユーリさんのところに戻ったら食べさせてあげるからね」

タツは大好物を前によだれを垂らしている。

すぐに食べさせてあげたいところだが、残りの二つも早くもいでしまわないといけない。

ここは凶暴な水の魔物が住む湖のど真ん中。

いつ魔物たちがやって来るかわからない。

「タッくん少し右に移動して」

そうして歩夢が二つ目の果実に手を伸ばした時。

パシャンッ。

背後で水音が聞こえた。

心臓がヒヤリとする。

そうっと振り返ると、水面から細長い腕が伸びている。

人間の腕と似ているけれど、青みを帯びた銀色の鱗がびっしりついており、爪の伸びた指の間には水かきのような膜があった。

「ひっ」

恐怖で身じろぎすると、バランスが崩れタツの頭からずり落ちた。

地面に叩きつけられる寸前に、タツが歩夢の着ている上着を咥えて助けてくれる。

宙に浮いたままの格好で湖を見つめていると、水面に生えた腕が小島の淵を掴み、ゆっくり頭部が上がってきた。

歩夢は恐怖から身体が震え出す。

——魔物だ……。

島に上がってきた魔物は、歩夢より少し背が低い。

そして腕と同様、全身が鱗で覆われている。

水に生息しているため直立が難しいようで、二本の脚で立っていても前傾姿勢を取り、丸まった背中には首のあたりから腰までトゲトゲした背びれがついていた。

瞳は真ん丸の黒目のみで、瞼はない。口は大きく裂けており、薄く開いた唇からはギザギザした歯が覗いている。

魔物は水を滴らせながら、ペタン、ペタンと一歩ずつこちらに近づいてきた。

──に、逃げなきゃっ。

「タッくん、僕を背中に乗せて。ユーリさんのところに戻るよ」

タツが口に咥えていた歩夢を下へ降ろしてくれ、すぐさま背に跨る。

さあ、この島から退散だ、というところで、急にタツが小さくなっていく。

「タッくん？　どうしたの？」

「キュー……」

力なく一声鳴き、タツは雄々しい金色のドラゴンから、元の愛くるしい赤ちゃんへと戻ってしまった。

「まさか、魔法が切れた!?」

一時的に成長を速める魔法だと聞いていたが、肝心の持続時間を確認していなかった。

よりによって魔物が迫っている時に魔法が切れるだなんて……。

歩夢が愕然としている間に、次々に水の魔物たちが水中から上がってくる。

赤ちゃんになったタツを抱き上げ、島の端ギリギリまで移動した。

──どうしよう……。

剣を持っている竜騎士のユーリは湖の岸で待機している。

彼のところからも遠目にこの状況が見えているだろうが、いくらなんでもこの距離を一瞬で移動して助けには来れない。

さらに、湖に落としてはいけないのでノートはユーリに預けてきたため、新たな魔法は使えない。

運動が苦手な歩夢が、赤ちゃんを抱えて魔物と戦うことも逃げることも難しい。

それでもなんとか窮地を脱出する術を探したけれど、何も解決策は浮かんでこなかった。

「うー、んー」

「タッくん?」

「うえ……、えーん」

突然、タツが不快を訴え泣き出した。この泣き方は空腹の時のものだ。

「もうお腹がすいたの!?」

黄金の果実を食べて五日目。後二日は空腹を感じないはずなのに。

――成長魔法のせい?

体力をひどく消耗し、二日早くお腹をすかせてしまったのかもしれない。

手の中には黄金の果実が一つ。

これを与えたいところだが、タツは赤ちゃんで、このまま丸かじりすることは出来ない。

「タッくん、ごめんね」

何もしてやれない自分が情けない。

お腹を満たすどころか、このままだとタツの身に危険が及んでしまう。

歩夢は咄嗟にその場に蹲る。

こんなことをしても、魔物相手では大した抵抗にならないだろう。

けれどタツだけはなんとしても守りたい。

その想いから歩夢は泣き出したタツを抱きしめ、身を固くする。

目を閉じても、魔物が近づいてくる足音は耳に入ってきた。

だんだんその音が大きくなり、周りを水の魔物たちに取り囲まれてしまう。

――もう、駄目だ……っ。

魔物に襲われるのだと覚悟した瞬間、肩にひんやりとした手が触れた。

ビクッと全身を戦慄《おのの》かせると、強い力で身体を起こされる。

そして黄金の果実を奪い取り、青ざめた歩夢の眼前でグシャッと握り潰したのだ。

魔物の怪力を目の当たりにし、さらなる恐怖に襲われる。

果実は見るも無残に潰れ、ポタポタと果汁がタツの顔に落ちていく。

するとタツがピタッと泣き止み、滴る果汁を求め口を大きく開け、魔物はさらに果実を絞る。

パタパタと垂れる果汁を飲み込み、もっと欲しがって鱗に覆われた魔物の腕を両手で掴み、握られた果実の芯をチューッと吸い始めた。

「んく、んく」

哺乳瓶からミルクを飲む時のように、残っていた果汁を吸いながらウトウトし出す。

そのままタツが眠ったのを確かめ、魔物は腕を引っ込めた。

他の魔物たちも、スヤスヤ眠るタツを遠巻きに見守っている。

——もしかして、助けてくれた？

そうとしか考えられない。

魔物たちは、タツにも歩夢にも一切乱暴な真似はしてこなかった。

歩夢はおずおずと魔物に向かって頭を下げる。

「あの、ありがとうございました。助かりました」

魔物たちは互いに顔を見合わせ、何か目配せしているようだった。

やがて果実を絞ってくれた魔物が代表して口を開く。

「ワルサ　シナイ　ランボウ　シナイ」

「え!?」

「ワレラ　ハ　ドラゴンノキ　ヲ　マモッテ　イタダケ」

——魔物がしゃべった……！

片言だけど、意味は通じる。魔物は人の言葉を話せるのか。

歩夢が驚いていると、魔物が裂けた口をニタッと開く。

「コトバ　ハナス　ニンゲン　ハジメテダ」

つまり、これまで魔物というだけで人間から避けられ、まともに会話が出来なかったということだろうか。

ユーリからも村で会った人たちからも、魔物は悪いものだと聞かされてきた。

けれど今、彼らはタツを助けてくれたのだ。

いきなり襲ってくることもなかったし、こうして言葉で交流しようとしてくれている。

歩夢は魔物に初めて会ったけれど、皆が警戒するほど悪い存在ではないと感じた。

「あなたたちは、この竜の木を守っていたんですね。勝手に黄金の果実を取ってしまって、すみません」

「ソノ　ドラゴンニ　ヒツヨウダッタ　ノダロウ？　ノコリ　モッテイケ」

「いいんですか？　大事にしてるんでしょう？」

「……コノ　キ　ハ　ミズウミ　キレイニ　シテクレ　タ　ミズノ　ドラゴン　ノ　キ」

魔物はたどたどしい口調で、この竜の木にまつわる昔話を教えてくれた。

はるか昔、この湖に彼ら水の魔物が住んでいた。

しかし今から五十年ほど前のある日、旅の薬売りが不要になった薬をこの湖に投げ入れ捨てて行ったらしい。

人間にとっては薬でも、魔物には猛毒となるものもある。

その薬は水の魔物の身体には合わず、ここで暮らしていくのが難しくなり、仕方なくこの地を一度離れたそうだ。

それから二十年が経った頃、この湖に水のドラゴンがやって来たという。

どうやら人間に飼われていたらしいが、高価な黄金の果実を満足に与えられずにとても衰弱し、最後の力を振り絞って逃げ出してきたらしい。

そのドラゴンは小島に降り立ち、残りの力を使い少しずつ湖を浄化していった。

それを知った彼ら水の魔物たちは湖へ戻ることが出来、水を綺麗にしてくれたことに感謝してそのドラゴンを守ることにしたそうだ。

けれど魔物たちはドラゴンの生態をよく知らず、黄金の果実が必要だとわからなくて、結局ドラゴンはそのまま息絶えてしまった。

小島に埋葬《まいそう》し、しばらくするとそこから芽が出て、長い年月をかけて黄金の果実がなる木が育ったのだという。

すると今度は黄金の果実目当ての人間がやって来るようになり、彼らはドラゴンの形見とも言える果実を守るため、近づく人間を襲って遠ざけてきたそうだ。

そうして先ほど、空を飛ぶ金色のドラゴンが小島に降り立ったのを見て、新しいドラゴンが来てくれたと思い集まって来たのだ、と魔物は語った。

こうして理由を聞くと、彼らが無差別に人間を襲っていたのではないことがわかった。

――魔物だけど、義理堅い人たちなんだ。

湖を綺麗にしてくれたドラゴン亡き後も、竜の木の守り手となった。

そんな彼らを、自分と違う見た目だというだけで怖がってしまったことを、申し訳なく思う。

「モッテイケ　ドラゴン　ニ　ヒツヨウナラ」

再び黄金の果実を全て持っていっていいと勧められたが、彼らの想いを聞いたらなおさらそんなことは出来ない。

歩夢が固辞《こじ》すると、魔物は木になっている黄金の果実を一つもいで差し出してきた。

「一ツ　ダケ」

「……ありがとうございます。いただきます」

歩夢が頭を下げると、魔物たちがまた顔を見合わせる。

何かおかしなことをしただろうか。

疑問に思っていると、魔物が湖へ向かって声をかける。

すると湖面にまた一体、魔物が顔を出した。

「キシマデ　ノセル」

「送ってくれるんですか？」

魔物は頷き返してきた。

――すごく親切な魔物さんじゃないか。

噂で聞いた印象とずいぶん違う。

歩夢はそこまでお世話になっていいものか迷ったが、タツは寝てしまったし、魔物の力を借りることにする。

歩夢は促されるまま、こちらに背を向けた魔物に跨る。

どうしても膝から下は水に浸かってしまうが、それ以上潜らずに水面ギリギリを泳いで岸へ連れていってくれるみたいだ。

歩夢は最後にもう一度礼を伝える。

「本当にありがとうございました」

魔物たちは不思議そうな顔をする。

そして代表して一体の魔物が口を開いた。

「ニンゲン ニ レイヲ イワレタ ハジメテダ」

魔物は口角をニイッと持ち上げる。

歪《いびつ》だけれど、これが彼ら魔物の笑顔なのだろう。

歩夢は小島の魔物たちに手を振って別れを告げ、タツを片手でしっかり抱き、跨った魔物の肩を掴む。

魔物はとても上手にスイスイ泳ぎ、あっという間に岸に到着した。

歩夢は魔物に支えてもらいながら岸に上がり、送ってくれた礼を伝える。

魔物はしばらく無言で歩夢を見つめた後、何も言わずに水中に潜っていった。

「ふう、いい魔物さんで助かった」

歩夢が独り言をこぼすと、反対側の岸辺にいたユーリが大急ぎで駆けてきた。

「あ、ユーリさん」

歩夢が呑気《のんき》に手を振って出迎えると、ユーリが走りながら怒鳴ってくる。

「何笑ってるんですか！」

「す、すみません」

ユーリは歩夢の目の前で足を止めると、ゼーゼー息を乱しながらまずタツの無事を確かめる。

「タツはどうしたんですかっ？　まさか魔物に攻撃されて気を失って!?」

「ち、違います、眠っているだけです。僕もタッくんも、どこも怪我してません」

ユーリはタツを観察した後、確かに無事だとわかったようでホッと身体の力を抜いた。

「いったい何があったんですか？　魔物の大群に囲まれてましたよね？　助けに行きたくとも手段がなく、心配したんですよ？」

「僕も最初は怖かったんですけど、タッくんがお腹がすいたって泣き出したら、黄金の果実を絞って果汁を飲ませてくれて。しかももう一つお土産《みやげ》に果実を持たせてくれたんです。

すごくいい魔物さんでした」

　鞄にしまっておいた黄金の果実を取り出して見せる。

　ユーリは数回瞬きをした後、困惑したように呟いた。

「いい魔物ですって？　何を言ってるんですか？」

「え、でも、本当に親切にしてくれたんです。……あ、魔物さんたちが人間を襲ったのにも、ちゃんと理由があったんですよ」

　歩夢が小島で魔物から聞いた話を伝えると、ユーリはまた声を荒らげた。

「魔物が話したっていうんですか？　そんなことありえない。魔物に幻術か何かかけられて、そう思い込まされているだけじゃないんですか!?」

「で、でも、本当なんです。僕は魔物さんから聞いたんです」

「まだ魔物と話せるだなんて言い張るんですか？」

　ユーリが言うには、これまで魔物が人間の言葉をしゃべったという話は聞いたことがないそうだ。

　今度は歩夢の方が驚いてしまう。

　――でも、魔物さんは話してくれた……。

　そこでハッとノートの存在を思い出した。

　最初のページに書いてある数式。

それはこの世界への扉を開ける術式に、言語習得の魔法が織り込まれたもの。

その言語習得魔法によって、魔物の言葉もわかるようになったのではないだろうか。

ユーリにそう伝えてみたが、彼は首を左右に振って否定した。

「言語習得魔法は、他国の言語が理解出来るようになる代物《しろもの》のはず。魔物の言葉まで理解した者は、私が知る限り誰一人いません」

けれど、現実に歩夢は魔物と会話したのだ。

「でも……。あ、そうだ、あのノートは魔法増幅作用があるでしょう？　だから魔物の言葉もわかるようになったんじゃないですか？」

「……なるほど。一理《いちり》ありますね」

ようやくユーリも歩夢が魔物と交わした話を信じてくれたようだ。

しかし、彼の言葉には続きがあった。

「ですが、魔物と心を通わせるなど、あるわけがない。魔物は悪しき存在。人間と敵対関係にあるんですから」

「だけど、僕とタックんには親切にしてくれました」

「魔物の話を信じるなら、やつらはドラゴンに心酔していたのですから、ドラゴンのタツに親切にしたんでしょう。あなた一人だったら襲われていたと思います」

そうだろうか。

もし歩夢一人だったとしても、会話が出来るのだから、事情を話せば黄金の果実を同じように譲ってくれた気がする。

だが、魔物を討伐する竜騎士のユーリは、これ以上何を言っても受け入れないだろう。いい魔物もいるというのに、それを信じさせられないことが悔しかった。

「まあ、何はともあれお手柄です。黄金の果実を二つ手に入れたのですから。持ち帰った一つは、次にタツが空腹を訴えた時に食べさせましょう」

ユーリは黄金の果実を背負っている荷物袋にしまった。

「さあ、出発しましょう。まだ王都まで距離がありますから」

「……はい」

釈然としない気持ちのまま、歩夢は歩き出す。

前を行くユーリの腰に下げられた剣が、ふと目に留まる。

――小島へ行ったのが僕でよかった。

もしユーリが行っていたら、魔物が小島へ上がってきた瞬間、問答無用で斬っていただろう。そういう教育を受け、訓練を積んできた人だから。

魔物たちが深手を負ってしまったら、あの湖の竜の木を守る者がいなくなってしまう。最後の力を使って湖を浄化したドラゴンの話も知られることはなく、ただ凶暴な湖の魔物がいなくなったことを人々が喜ぶだけ。

守り手がいなくなれば、欲にまみれた人間が黄金の果実を奪いに何人もやってくるようになるだろう。

そうなったらあの竜の木はどうなってしまうか……。

――落ち着いたらまたここに来よう。

あの水の魔物たちとまた話してみたい。

歩夢は今日の出来事を心に留め、気持ちを切り替えて旅路を進んでいった。


「だー、きゃーっ」

「ん？　どうしたの、タッくん？」

「あう、あーっ」

スリングに入れたタツが急に身を起こし、あわや転落しそうになった。

ヒヤリとしながら小さな身体を引き戻し、ふう、と安堵の息を吐き出す。

「もう、危ないよ。急に抜け出しちゃ駄目だからね」

タツは歩夢の言葉など耳に入れずに、空へ向かって両手を伸ばしている。

それをたどっていくと、少し離れたところで黄色い蝶々が二匹、じゃれ合いながら仲良く飛んでいた。

「あれは蝶々だよ。綺麗だね」

「あう？」

「蝶々、ちょーちょ」

「あーう」

「そうそう、上手だね」

歩夢がタツの柔らかな金髪を撫でていると、ユーリがこちらを振り向いた。

「急いでください。時間に間に合わなくなってしまいます」

「わ、すみません」

歩夢は歩みを速める。

湖で黄金の果実を手に入れてから順調に旅を続け、六日前に魔物にもらった黄金の果実をタツに食べさせた。

そして昨日、立ち寄った村で黄金の果実の情報を聞いて回ったところ、なんと偶然、翌日に隣町で開かれるコンテストの優勝賞品として黄金の果実がもらえることを知ったのだ。

そのコンテストは年に一回開かれている出し物の大会で、ジャンルは問わずとにかく会場を盛り上げた人が優勝というものらしい。

歩夢も千里眼を使って周辺に他の黄金の果実がないか探してみたが、二日以内にたどり着ける場所には見つけられなかった。

そのため、歩夢たちは件のコンテストに参加するべく、急いで隣町へ向かっている最中なのだ。

しかし、歩夢には一つ不安に思っていることがある。

「ユーリさん、受付に間に合っても、出し物の小道具を買いに行く時間がないんじゃないですか？」

「そうですね。だから小道具がいらない出し物をするしかありません」

「というと、歌とかダンスですか？」

歩夢が思いついた出し物を口にすると、ユーリが眉間に皺を寄せて見下ろしてくる。

「言っておきますが、私はステージに立ちませんからね。人前で歌ったり踊ったりして、見世物になる気はありません」

「えっ」

――ユーリさんに出てもらおうと思ってたのに……。

平凡な見てくれの自分より、ユーリのような華やかな人が出た方が受けがいい。

それにユーリは貴族だから、ダンスの素養もあるはず。

彼に任せようと思っていたのに、あてがはずれてしまった。

「じゃ、じゃあ僕が出るんですか？　何も出来ませんよ？」

「あるじゃないですか、ものすごい特技が。そのノートを持ってステージに上がればいいんですよ」

ユーリが指しているのは、母の形見の魔法のノートだ。

確かに魔法を見せるなら、他に道具を揃えなくてもいい。

「でも、他に魔導士の人が出場したら、僕が使える魔法くらいじゃあ勝てないんじゃないですか？」

「大丈夫でしょう。魔導士はこういった見世物のようなことはしません。その上、魔法を見たことのない人の方が多いでしょうから、簡単なものでも絶賛されると思いますよ」

それを聞いて少しホッとした。

三人は大急ぎで町へたどり着き、コンテスト会場である中央広場へ向かう。

締め切り時間ギリギリで参加申し込みをすませ、コンテストの参加者が集まっているステージ裏へ移動する。

そこには大道芸人のような衣装や小物を携えた人や綺麗なドレスを着た人が、各々出し物の練習をしていた。

ざっと見ておよそ百人くらいだろうか。思ったよりもたくさんの人が参加するようだ。

歩夢は急に不安になって、ユーリに弱音を吐く。

「本当に大丈夫ですか？　皆さん、気合いが入っているみたいですけど」

「優勝賞品の黄金の果実目当てで参加する人が多いのでしょう。黄金の果実は金貨十枚はします。黄金の果実を一つ手に入れれば、一年以上楽に暮らせますからね。とても高額で希少なものなので、物は試しで出てみる人ばかりでしょうから、気にしないで平気ですよ」

こちらには魔法があるんですから、とユーリは優勝する自信があるようだった。

――黄金の果実一つで一年暮らせるのか。

歩夢が思っていたよりもずっと高価なものだったようだ。

歩夢はドキドキしながら出番を待つ。

ここからではステージは見えないが、司会者の声と観客の歓声は聞こえてくる。

中には大きな拍手を送られている参加者もおり、歩夢にプレッシャーを与えた。

参加者は出番を終えると、最後の結果発表まで観客席で待機するようだ。

一人また一人とステージ裏の参加者は減っていき、ついに歩夢たちだけになった。

どうやらギリギリで受付をすませたため、出番が最後だったらしい。

トリということで、心臓が口から飛び出しそうなほど早鐘を打っている。

「ほら、呼ばれましたよ。いってらっしゃい」

「は、はい、……あっ、タッくんをお願いします」

ついに歩夢の名前が呼ばれ、ステージに上がる前にスリングからタツを抱き上げようとすると、小さな手で布地を掴んで離さなくなってしまった。

「タッくん、すぐに戻ってくるから。ユーリさんとここで待ってて」

「うーっ」

タツは不満を顕に険しい顔つきで唸り出す。

モタモタしていると再度歩夢の名前が呼ばれた。

このままでは参加取り消しになってしまう。

歩夢は仕方なくタツを抱っこしたままステージに向かった。

短い階段を上り、大勢の観客が注目する中、広いステージの中央までギクシャクした動きで歩いて行く。

会場はシンと静まり返り、たくさんの人の視線が歩夢に注がれている。

歩夢は緊張で頭が真っ白になりそうになりながら、ペコッと一礼してノートを開く。

シャーペンを手に、空白のページに水の魔法の数式を書いていった。

「えっと、これでいいはず」

歩夢は答えまで書き終えると、シャーペンを頭上に持ち上げ、大きな丸い水の玉をイメージした。

シャーペンの先から七色の光がフワリと空中に伸びていき、何もなかったところに水の塊を出現させる。

歩夢がイメージした通り、サッカーボールくらいの大きさの水の玉が宙にフワフワ浮かび上がった。

会場内にどよめきが起こり、歩夢はさらにその水の玉を分裂させたり、色々な形に変えたりと、自由自在に操っていく。

皆、歩夢の魔法に釘づけだ。

そうして最後に丸い水の玉へと戻し、歩夢が念じるとその場からかき消えた。

一瞬シーンとしたが、すぐに割れんばかりの拍手と歓声が歩夢に注がれる。

そして司会者が袖から出て来て、「優勝はアユムさんです！」と宣言した。

ユーリの読み通り優勝することが出来て、肩の荷が下りる。

歩夢は司会者から賞品の黄金の果実を受け取り、一言コメントを求められ、「あ、ありがとうございました」と面白みのない言葉を残した。

拍手は鳴り止まず、アンコールする者まで出てくる。

歩夢はもう一度、お礼を兼ねて魔法を使おうか考えた。

ところがその時、スリングの中で大人しくしていたタツが、歩夢が持っている黄金の果実を発見し、『ちょうだい』と手を伸ばしてきたのだ。

大勢の人から注目を浴びている今、タツに黄金の果実を渡すのははばかられる。普通はどんなにねだられても、とっても高価な果実を赤ちゃんに渡したりはしないだろう。

歩夢はタツが欲しがっているのに気づいたが、反応せずにそのまま退場しようとした。

すると。

「ぎゃ――――っ！」

いじわるをされたと思ったタツがみるみる顔を歪め、最初からマックスの声量で泣き出してしまった。

「タ、タッくん、落ち着いて」

「んぎゃ――ッ」

泣き止むどころかますます興奮し、口の中で炎が揺らめく。

まずい、と思った直後、タツの口からぼうっと炎が吐き出された。

炎はステージを飾りつけているフワフワした布地に引火し、瞬く間に広がっていく。

――火事になるっ。

歩夢は大慌てで果実をタツに渡し泣き止ませた後、水の魔法を発動させて消火にあたる。

先ほどよりも大量の水を出現させ炎めがけて放水し、幸い火はすぐに消え怪我人も出なかった。

けれど、華やかな飾りつけがされたステージは、焼けたり焦げたりした上に水浸しだ。

「ご、ごめんなさいっ」

歩夢はすぐさま頭を下げて謝罪する。

けれどなぜか、大失敗したのに観客から再び大きな拍手が贈られてきた。

どうやらアンコールに応えて、炎と水の魔法を使ったと思われたらしい。

タツの正体も気づかれてなさそうだ。

歩夢はもう一度お辞儀《じぎ》をした後、ステージ袖で鬼の形相《ぎょうそう》をしているユーリの元へ駆けて行く。

タツが泣き出さないうちに黄金の果実を潰して与えようと、人気がない場所まで小走りで移動した。

「何をやってくれたんですか、あなたは！」

「す、すみませんっ」

「あんな大勢が見ている前でタツに炎を吐かせるだなんて。もっと気をつけてください」

「はい……」

反省して背を丸める歩夢を叱りつつ、ユーリは黄金の果実の皮を剥き、途中の村で購入したおろし金ですりおろしていく。

すりおろした果実をスプーンですくってタツの口元に差し出すと、パクンと食べてくれた。

一口で食べられる量がだいぶ増えてきている。

湖で果汁を飲み、その後にもう一つ果実を与えたため、タツはずいぶん成長した。

すでに小さな乳歯も上下四本生えている。

もうじきすりおろさなくとも、薄くスライスすれば食べられるようになりそうだ。

タツはご機嫌でモグモグ果実を食べていく。

ユーリはそのスピードに負けないように、ひたすら果実をすりおろしていった。

そうしてペロリと果実を一つ食べ切り、タツは満足そうにゲップする。

「お腹いっぱいになった？」

「あうー」

満面の笑みを向けられ、歩夢も頬を緩める。

地面に座らせておいたタツは体勢を変え、突然、高速ハイハイで進み出した。

「あ、タッくんっ」

歩夢は慌てて追いかけ、背後から抱き上げる。

「んー、むうー」

「おてが汚れちゃうよ。ハイハイはお部屋でね」

さっきの黄金の果実でタツが食べた数は四つになった。

出会った頃よりだいたい四ヶ月程度成長したことになる。

最初が六ヶ月児くらいだったから、今は十ヶ月程度にまで成長している計算だ。

前回、果実を食べた後からハイハイが出来るようになり、自由に移動するのが嬉しいようで、一人でどこまでも行ってしまうから油断出来ない。

タツを抱き上げた歩夢は、その重さに成長を感じる。

すくすく育ってくれて嬉しいけれど、そろそろ抱っこも大変になってきた。

「私たちも食事に行きましょう。その後、千里眼の魔法で黄金の果実が近くにあるか探してもらえますか？」

「もう次の果実を探し始めるんですか？」

「ここから王都までは二週間程で着きます。この町は王都へ向かう行商人がよく訪れますし、コンテストの賞品で黄金の果実を出すくらいなので、探せばもう一つくらい見つかるかもしれません」

確かにこれまで通ってきた村より、この町は活気がある。

人通りも多いし、先ほどは急いでいたのであまり町並みを観察出来なかったが、それでも通りには多くの店が並んでいる。

ここから王都まで二週間なら、あともう一つ黄金の果実を手に入れれば、タツのお腹もなんとかもつかもしれない。

歩夢は頷き、町の食堂で食事を終えると、千里眼の魔法を使って探索してみる。

すると偶然、この町の宝石店の奥にしまわれているのを見つけることが出来た。

千里眼の魔法の副作用である眩暈が治まってから食堂を後にし、宝石店に向かう。

ユーリはこの町に何度か来たことがあるそうで、迷うことなく進んで行く。

店舗が連なった通りには、たくさんの人が買い物に来ていた。

道の両脇に店が立ち並び、その前にも机を出して商品を置いてあり、店番兼呼び込みの店員が道行く人に声をかけている。

しばらく歩き、目的の宝石店にたどり着いた。

そこで今更ながら不思議に思っていたことをユーリに尋ねる。

「そういえば、どうして宝石屋さんに黄金の果実があるんですか？　果物なんだから果物屋さんじゃないんですか？」

「黄金の果実は特殊な果物なんです。木からもいでも新鮮な状態のまま腐ることはない。そして高価で希少なことから、宝石と同等の価値があるものとして扱われるため、果物でありながら宝石店で取り扱われているんです」

なるほど、そういうわけか。

歩夢が納得したところで、ユーリがドアを開け店内に入って行く。

すぐに奥から店主が出て来て、ユーリの身なりをなめるように確認した後、にこやかに尋ねてきた。

「いらっしゃいませ。本日はどのようなお品《しな》をお求めで？　ご自身用ですか？　それとも贈り物でしょうか？」

「黄金の果実をお願いします。こちらにあるとお聞きしました」

「ありますよ。ちょうど一つ、入ってきたところです。今お持ちしますので、少々お待ちください」

店主は再び奥に引っ込み、少しして宝石箱のような細工が施された木箱を持って戻って来た。

「お求めのお品《しな》はこちらです。どうぞお確かめください」

店主が恭しい手つきで箱を開けると、クッションに乗せられた黄金の果実が目に入った。

「こちらをいただきます。金貨何枚でしょうか？」

「十五枚です」

財布代わりの小袋を取り出したユーリが眉を顰める。

確か先ほど、黄金の果実は金貨十枚ほどで取引されると言っていた。

金貨一枚で一ヶ月は暮らせるそうだから、金貨五枚多いとなると金額の違いはけっこうなものになる。

店主はにこやかな笑みを崩さずに説明を始めた。

「こちらは通常の黄金の果実よりサイズが少し大きいのです。金貨十五枚が妥当な値段ですよ」

歩夢もユーリの背後から覗き込んで果実を確かめたが、金貨五枚の差が出るほど大きくないような気がする。

ユーリが黙っていると、店主はスッと笑みを消し、「お値段にご不満があるのなら買わなくてけっこうです。お引き取りください」と冷たく言ってきた。

「ですが、この町で今、黄金の果実を取り扱っているのはうちの店だけです。どうするかよくお考えください」

ユーリは詰めていた息を吐き出すように嘆息し、袋から金貨を十五枚取り出した。

「買います」

「確かに十五枚ですね。どうぞ、お持ちください。サービスで入れ物も差し上げますよ」

ユーリは黄金の果実を掴み、空になった小袋にしまってベルトに括りつけた。

「お客さん、高価なものなんですから、箱にしまった方がいいんじゃないですか？」

「旅をしているので、荷物をかさばらせたくないんです」

外面のいいユーリにしては珍しく、素っ気ない口調で返した。

店主の法外な金額提示に腹を立てているようだ。

ユーリはそのまま踵を返し、さっさと店を出る。

歩夢も後に続き、通りで最初に目に着いた宿屋に入った。

一泊頼んで部屋へ入ると、ユーリは荷物と剣をベッドサイドに降ろし横になる。

機嫌が悪い。

歩夢はユーリを刺激しないよう、反対のベッドに腰かけ、スリングからタツを出す。

すぐさまハイハイを始めようとしたので、床に降ろしてやった。

タツは初めての場所に興味津々のようで、あちこちハイハイして探検している。

しばらく動き回り、タツは歩夢の足元に戻って来た。

歩夢の服の裾を握ってお座りし、目を擦り始める。

お腹もいっぱいだし運動したから、眠くなってきたようだ。

抱っこして背中をトントンしてやると、すぐに寝息を立て始める。

可愛い寝顔に見惚れていると、タツの服がずいぶん窮屈になっていることに気づいた。

身体が大きくなったのだから、服が小さくなって当たり前だ。

幸い最初に訪れた村で女性からサイズ違いの服を何着か譲ってもらっていたので、これまではサイズアップに対応出来ていた。

しかし、手持ちでこれ以上大きな服はもうない。

王都に着くまでにもう一度黄金の果実を食べて成長するし、この町で新しい服を買っておいた方がいいだろう。

けれど、そのことをユーリに言いづらい。

先ほど黄金の果実と引き換えに、手持ちの金貨を全て支払ってしまった。

まだ銀貨と銅貨はあるからなんとか旅の資金は足りそうだが、タツの新しい服を買ってほしいとは言い出しにくい。

——でも、こんなパツパツの服じゃあ、タッくんも動きづらいだろうし……。

自分がお金を持っていたらすぐにでも買ってあげたいが、生憎《あいにく》この世界に来て一ヶ月も経っていない歩夢は、リアン王国の硬貨を銅貨一枚すら持っていなかった。

うーん、どうしよう、と歩夢は一人で頭を悩ませ、商店街に質屋があったのを思い出す。

——質屋で持ち物を売って、お金を作ればいいんだ。

歩夢は我ながらいいひらめきだと自画自賛し、すぐに実行に移すことにした。

「ちょっと出かけてきます。その間、タッくんをよろしくお願いします」

「は？　どこに行くんですか？」

「タッくんがお昼寝から目覚めるまでに戻ります」

「答えになってないですよ。……って、ちょっとっ」

歩夢は色々質問してくるユーリに強引にタツを抱かせ、呼び止める声を無視してダッシュで宿を出た。

——帰ったら怒られそうだな。

不機嫌なユーリは怖いけど、それよりも早く用事を済ませて急いで戻らないと、目覚めたタツが歩夢を探して泣き出してしまうかもしれない。

歩夢は先ほど見かけた質屋に駆け込み、背負っていた学生鞄を売りたいと店主に伝える。

この鞄は、歩夢が高校に合格した時のために母が用意してくれていたものだ。手で持つことも出来るし、ベルトを通すとリュック型にもなるから重宝していた。大切な思い出の品だけれど、今、歩夢に売れるものはこの鞄しかない。

――タッくんのためなら、きっと母さんも許してくれるはず。

歩夢は寂しさを押し込め、鞄を売って銅貨をたくさん手に入れた。

鞄がないと不便なので、その質屋で売っていた布製の斜めがけの鞄をまず買い、次に目をつけていた子供服を売っている店に立ち寄る。

そこで今のタツが着られる服と、もうワンサイズ大きい服を一枚ずつ買った。

それでもまだ銅貨が余っていたので、店の中にあった手作りの木製のおもちゃも買っていくことにする。

少し残った銅貨は、大事にしまっておいた。

歩夢は駆け足で通りを抜け、宿屋に戻る。

室内に飛び込むと、部屋の中央で微動だにせず立っているユーリが目に入った。

「戻りました。タッくんをありがとうございました」

「…………」

ユーリはゆっくりとこちらを振り向く。その顔には悲壮感がたっぷり浮かんでいた。

もしかしてタツに何か、とヒヤリとしてユーリの腕の中を覗き込んだが、出かけた時と同様、スヤスヤとよく眠っている。

ユーリはそうっとタツをこちらへ差し出し歩夢と抱っこを交代すると、ぐったりとベッドに倒れ込んだ。

どうやら、歩夢が出て行ってから戻ってくるまで、姿勢を崩さずに立ち続けていたらしい。小言《こごと》を言う気力もなく、ベッドに沈み込んでいった。

歩夢はユーリに謝り、何をしに出掛けたのかを報告する。

質屋で鞄を売って銅貨を作ったと話すと、さすがに驚いたような視線をこちらへ向けてきたが、買ったものが全てタツのものだと知ると珍しく「気づかなくてすみませんでした」と言ってきた。

タツが歩夢にべったりだからユーリはどう接していいのか未だにわからないようだが、それでもタツのことを大切にしてくれている。

遠慮せずに相談すればよかった。

歩夢は申し訳なく思いつつ、タツのために買った洋服をユーリに見せる。

そして、ついでに買った小鳥の形をしたおもちゃを出し、下についた車輪を転がして遊ぶものだと説明している最中に、タツがパチッと目を開けた。

「あ、タッくん起きた？　ほら、たくさん買って来たんだよ。まずはお着換えしよう」

爽やかな水色の上下セットアップを着せてみる。

サイズが合った服だからとても動きやすいようで、さっそく高速ハイハイで部屋を動き回る。

「気に入った？　あとね、これも買ってきたんだよ」

歩夢が小鳥型の手転がしおもちゃを渡すと、タツは遊び方がわからないようで掴んで振り回し始めた。

歩夢は自分がまず手本を見せ、それから小鳥を持たせてタツの手の上に手の平を重ね、一緒に床の上をコロコロする。

ようやく遊び方がわかったようで、コロコロコロコロコロ繰り返し転がして遊び始めた。

「そうだよ、上手上手」

「だうー」

褒められると満面の笑みを浮かべる。

そして夢中でコロコロをし続けた。

ユーリはその音がわずらわしかったようで、横になったまま両手で耳を塞ぐ。

いつもなら少し静かにするよう言ってきそうなものだが、よほど疲れたようで無言で横になっていた。

ご機嫌なタツはハイハイしながらおもちゃを転がし、移動を始める。

スピードに乗ってどんどん進んでいき、このまま行くとユーリのベッドに激突してしまうというところで、歩夢は慌てて立ち上がった。

「タッくん、ストップ！」

歩夢が止めに行こうとした時、タツはベッドの脚に気づいてピタッと止まった。

そしてベッド枠を掴むと足に力を入れ、プルプルしながら立ち上がったのだ。

「た、たっちした！」

歩夢が思わず大声を出したので、タツがビクッとしてこちらを振り返る。

――立てるようになるなんて……。

胸がいっぱいになり、歩夢はつかまり立ちしているタツをそっと抱きしめる。

いつかは歩き始めるとわかっていたが、実際に立ち上がった姿を見たらとても感動した。

自分でも初めてのたっちにこんなに感動するとは思わなかった。

「偉いよ、タッくん！　お兄さんになったね」

「う？」

「とってもたっちが上手だよ。偉いね」

「あー」

あまりにも歩夢が手放しで褒めるものだから、タツも上機嫌でたっちを続けてくれた。

この姿をユーリにも見てもらいたくて、横になって休んでいる彼を揺さぶって起こす。

「ユーリさん、寝てる場合じゃないです。タッくんがたっちしたんですよ！　見てください！」

「だから、黄金の果実を食べたから成長したんですよ。そんなに驚くことじゃありません」

「驚いてるんじゃなくて、僕は感動してるんです。ねんねしか出来なかったタッくんが、一人で立ってるんですから。ユーリさんだって感慨深いでしょう？」

歩夢があまりにも熱弁するものだから、ユーリは面倒くさそうにしながらもつかまり立ちするタツを見てくれた。

タツにニコッと微笑まれ一瞬目元を緩めたものの、すぐに真顔に戻ってしまう。

「ほら、すごいでしょう？　歴史的瞬間ですよ」

ユーリは興味なさそうに「はいはい」と歩夢の言葉を聞き流す。

けれど、歩夢が倒れそうになったタツを抱っこして自分の膝の上に座らせるのを見て、含みを持たせた視線を向けてきた。

「なんですか？」

「……あまり可愛がりすぎないようにしてください」

「え？　どういう意味です？」

「王都についたら、タツは竜騎士団が引き取り、あなたは召喚者としての日々を送ることになります。あまり可愛がりすぎると別れが辛くなるでしょう。一線を引いた方がいい」

だ。

――そうか、あと少ししか一緒にいられないんだった……。

なんだかこの先もずっと一緒にいられる気でいた。

元々、タツはユーリが見つけた卵から生まれた子で、歩夢は成り行きで一緒にいるだけだ。

王都には順調にいけばあと二週間で到着する。

その時にきちんと別れられるように、適度な距離を置くことをユーリに勧められた。

「でも、そんな簡単には……」

「やるんです。そうしないといけないんです。タツは竜騎士と共に戦う運命にあるドラゴン。感情移入しすぎると、戦いの場に送り出すたびに辛い思いをすることになります」

そこまで言われて、竜騎士団のドラゴンがどういう役割を負っているのか理解した。

タツは竜騎士団の皆にとても大事に扱われるだろうし、飢《う》える心配もなくなる。

けれど、魔物の討伐命令が下されれば、タツも共に前線へ赴く。

そうなれば怪我をしてしまうかもしれない。

最悪、命の危険に晒されるかも……。

歩夢は出陣するタツの姿を想像し、胸が痛くなる。

危ない場所に行かせたくない。

だが、タツはそのためにユーリが探し出したドラゴン。役割から逃れることは出来ない。

「私たち竜騎士は、ドラゴンへの接し方も学びます。その中で最も重要なこととして、冷《れい》徹《てつ》になること、と教えられるんです。ドラゴンと竜騎士には信頼関係が必要です。けれど、心が近づきすぎると油断が生じ、命取りになる。だから、どんなに可愛くても一線を引くように、と教えられるんです」

あなたもそうした方がいい、とユーリは忠告してきた。

——ユーリさんは、だからタッくんと距離を取ってるのか。

それが竜騎士の心構えなのだろう。

けれど、こうして半月以上も一緒に旅をしていれば、どうしても愛着がわいてくる。

ユーリも多少なりともタツを可愛いと思っているはずだ。

さっきもタツに微笑まれて、一瞬だけだが表情が緩んでいた。

彼だって本当は、一つ一つの成長を喜びたいのかもしれない。

けれど、その気持ちを押し込めている。

それは自分のためでもあり、今後成長して戦場に行くタツを危険にさらさないためでもある。

歩夢もユーリの話を聞き、理解出来る部分もあった。

でも、自分はユーリのようには出来ない。

可愛いものは可愛いし、出来なかったことが出来るようになったら嬉しい。

今のまま可愛がっていると、王都で別れる時にとても辛くなるだろう。

それでも、タツとこうして一緒にいられるのはあと二週間くらいしかない。

今この時を大切にしたいと思った。

タツは急に暗い顔になった歩夢を見上げ、不安そうな顔をしている。

歩夢はそれに気づき、慌てて笑みを作った。

「タッくん、またおもちゃを転がすところを見せて」

タツは嬉しそうに、コロコロコロコロコロ飽きもせず小鳥のおもちゃを転がし始める。

歩夢は決めた。

お別れの時まで、タツを全力で可愛がろうと。

というか、こんなに可愛い子に冷たくなんて出来ない。

歩夢は自分の今ある愛情を全て、この小さな赤ちゃんに注ごうと決めた。


三人は草原を小走りで駆けて行く。

「タツの様子はどうですか?」

「タッくん、もう少し我慢出来そう?」

歩夢が腕の中のタツの様子を確かめると、不機嫌そうな顔で目に涙を溜めていた。

「ユーリさん、タッくんの限界が近いみたいです。どんどん泣きそうな顔になってます」

「……もたないか」

先を走っていたユーリが舌打ちして足を止める。

金貨十五枚で手に入れた黄金の果実をタツに与えてから、今日で七日目。

計算ではギリギリ王都に到着する予定だったが、あと三時間程で到着するというところで、タツが空腹を訴えてぐずり始めてしまった。

昨夜泊まった村で分けてもらったミルクで一時の空腹を満たしながら急いで進んできたものの、未だ王都を目視出来る距離まで来られていない。

歩夢も千里眼の魔法を用いて探してみたが、周辺に黄金の果実も見つからなかった。

今はすでに手持ちのミルクも尽き、他に食べられそうな物も持っていない。

辺りは背の低い草原が広がっているだけで、木の実などもなっていなかった。

――どうしよう……。

このままでは、お腹がすいてタツが炎を吐いてしまう。

歩夢が焦っていると、ユーリが神妙な顔で告げてきた。

「私が先に王都まで行って、黄金の果実を取ってきます。あなたはタツを宥めながら出来るだけ進んでください」

「間に合うでしょうか？」

「今はそれしか手段がないんだから、やるしかないです」

確かに、今打てる手はそれしかない。

歩夢が了承するとユーリが身を屈め、ふぇふぇぐずっているタツに語りかけた。

「タツ、なるべく早く戻ります。それまで辛抱してください」

ユーリのいつになく真剣な口調が赤ちゃんのタツにも響いたのか、タツはグッと涙を堪えるように下唇を噛みしめる。

ユーリはその姿を目にし自身も表情を引き締めた後、歩夢にタツを託して駆けて行った。

その背を祈る気持ちで見送り、歩夢も少しでも王都までの距離を縮めるために一歩踏み出す。

しかし、それから十分もしないうちにタツが身体を仰け反らせてグズグズし始めてしまった。

「タッくん、今、ユーリさんが黄金の果実を取りに行ってくれてるからね。いい子で待っててようね」

「んん～！　うえっ、えぇっ」

イヤイヤするように頭をブンブン振り、本格的に泣き出しそうになっている。

歩夢はなんとか気を逸らせようと、小鳥のおもちゃを取り出してタツに見せる。

「ほーら、タックんの大好きな鳥さんだよー」

「うえっ……、う?」

「ほら、持っていいよ」

「うー……、うっ!」

「あっ、小鳥がっ」

　お腹がすきすぎてご機嫌斜めなタツは、おもちゃを放り投げてしまった。

　それを拾おうとした時、ついにタツの口から炎がチロチロと立ち上る。

「ふえぇー、ふえ、えぇーん」

　まだ本気泣きではないのでガスコンロの火くらいですんでいるが、全力で泣かれたら辺り一帯が炎で焼かれてしまうだろう。

「お腹すいたね、よしよし」

　歩夢は必死に宥めながら周囲を見回し、王都までの道筋を少し逸れたところに岩場があるのを見つける。

　あそこなら万が一タツが大きな炎を吐いても、被害は最小限ですむ。

　歩夢は岩場まで移動し腰を降ろすと、空の哺乳瓶に水を入れてタツに渡した。

　ミルクかと思い吸い口にしゃぶりつき、中身が水だとわかって目を潤ませるタツを見て、歩夢は胸が苦しくなる。

「ごめんね、もうミルクないんだ。これで我慢してね」

「うー……」

タツは瞳に涙をいっぱい溜めながら、それでも腹に何か入れたいようで、哺乳瓶を咥えてくれた。

タツが不憫で歩夢も泣きたい気持ちになってくる。

——どこかに木の実でもあればいいんだけど……。

歩夢が辺りを見回していると、背もたれ代わりにしている背後の岩の上からパラパラ砂が落ちてきた。

ユーリが戻ったのかと思い、期待を込めて振り返る。

見上げた岩の上には背の高い人影があった。

逆光で影になって顔の判別は出来なかったが、一目見てユーリではないとわかる。

その人が身に纏っていたのは、闇のように深い黒色の丈の長い上着。

ユーリはこんな服装ではない。

歩夢が身構えると、その男性は軽い身のこなしで岩からヒラリと降りてくる。

そこで男性の顔をようやく確かめることが出来た。

襟足が伸びた髪は艶《つや》のある黒髪で、前髪に半ば隠れている瞳は金色がかった緑色。

年齢はユーリより少し上くらいだろうか。三十歳前後に見える。

その男性は無言でじっと歩夢を見つめた後、色とりどりの指輪を嵌めた右手を差し出してきた。

「あ、あの、なんですか？」

「行くぞ」

「行く？　どこにですか？　僕はここで人を待ってて……」

初めて会った人に着いて行くわけにはいかない。

歩夢が警戒心を強めていると、男性が手を伸ばし手首を掴んできた。

びっくりして振り払おうとした時、辺りが黒い砂のようなもので覆われる。

「えっ⁉」

歩夢が困惑していると、黒い砂はサラサラと地面に落ちると同時に消えていった。

「え、えっ⁉」

歩夢はわけがわからず瞳を瞬かせる。

――ここ、どこ⁉

先ほどまで岩場にいたはず。

けれど今いるのは、豪奢な部屋の中だった。

広さ三十畳ほどの室内は白い石壁で囲まれ、窓には濃紺の光沢があるカーテンが下がり、中央には見るからに高級そうなテーブルとソファが置かれている。

足元の床は大理石のようにピカピカでツルツルの石が敷き詰められ、ソファセットの周辺には毛足の長いグレーの絨毯《じゅうたん》が敷いてあった。

お金持ちの応接間のような雰囲気の部屋には、歩夢とタツ、謎の男性しかいない。

「ここは……？」

問いかけると、男性が歩夢の方へ一歩踏み出す。

正体不明の男性と一定の距離を保つため、縮まった分だけ後ずさる。

すると、ずっと無表情だった男性がわずかに顔を曇らせた。

「あなたは、誰ですか？」

歩夢が再度尋ねると、男性が口を開く。

ところが、彼が言葉を発するより早く、タツの泣き声が室内に響いた。

「ふえ……、ふえ、ええーん、えーん」

「あ、もう哺乳瓶が空になっちゃったのか。どうしよう、もう何も食べるものが……」

歩夢がオロオロしていると、男性がスッとタツを指さした。

「その子はドラゴンだな？」

「え、なんでわかったんですか？」

「そのまま待っていろ」

タツはこの姿だと、どこからどう見てもただの可愛い赤ちゃんだ。

ドラゴンだと今まで誰にも気づかれなかったのに……。

歩夢が驚いていると、男性は両手をパンッと合わせ、ゆっくりと開く。

すると黄金の果実が空中に出現し、男性はそれをキャッチして歩夢に差し出してきた。

「ど、どこからこれを……？」

まるで手品だ。

――いや、違う。

これは魔法だ。

歩夢は黄金の果実と男性を交互に見つめていたが、果実に気づいたタツが『ちょうだい』と手を伸ばした。

「ちょっと待ってね。今、皮を剥いて薄く切ってあげるから。あ、でもナイフはユーリさんが持ってるんだった」

歩夢がワタワタしていると、男性が片手で果実を切るような動作をした。

その直後、果実の皮がスルスルと剥けて空中に上っていく。

皮がなくなった果実は、男性の手の中でパカッと割れた。

「これで食べられるか？」

「あ、は、はい。ありがとうございます」

きちんと赤ちゃんが食べられるくらいの大きさ・薄さになっている。

タツはもぎ取るように果実を掴むと、上下四本の歯を使って少しずつ齧っていく。

歩夢は夢中で食べているタツを絨毯に座らせ、男性に視線を移した。

「ありがとうございました。おかげで助かりました」

男性は対面のソファに腰を降ろし、頬杖をついて歩夢を見つめている。

無遠慮にまじまじ見つめられ、歩夢は居心地が悪くなってきた。

「えーっと、あの、ここはどこですか？　さっきのは魔法、ですよね？　あなたは魔導士様なんですか？」

男性は足を組み、「そうだ」と頷いた。

「ここはリアン王国の王の居城。そしてこの部屋は私の私室だ」

「じゃあ、あなたはお城の魔導士様ってことですか？」

「ああ。名はサイアスという」

――サイアス……って、確か大魔導士様!?

国一番の魔法が使える、大魔導士。

そして昔、異世界の少女に恋をしたという噂の……。

――僕のお父さん候補の人だ……。

歩夢は目の前の男性が父親かもしれないと気づき、動揺から汗が噴き出してきた。

汗を袖口で拭いながら、どうやってそれを確認しようか頭を悩ませる。

――僕のお父さんですか、はいきなりすぎるか……。

なら、母を知っているか聞いてみる？

それで母を知っていたなら、自分が母の息子です、と言って反応を見てみるのはどうだろう。

「あのっ」

「お前は」

タイミングを見誤り、うっかりサイアスと同時に言葉を発してしまった。

歩夢が口を噤むと、サイアスが続きを口にする。

「……彼女に似ている」

サイアスの金色がかった緑の瞳が、懐かしそうに細められる。

歩夢はゴクリと唾を飲み込み、思い切って聞いてみた。

「彼女っていうのは、もしかして僕の母ですか？」

「ああ。二十年ほど前、彼女はこの世界に召喚された。とても聡明で、教えた術式もあっという間に覚えた。ただ、残念なことに魔力が乏《とぼ》しかったんだ。だから私が彼女の持っていたノートに、魔法を増幅させる力を込めた」

――ノート！

歩夢は大急ぎで荷物袋から形見のノートを取り出す。

「ノートって、これですか？」

「……そうだ、これだ」

サイアスは宝物に触れるように、そうっとノートを受け取る。

ページを捲り、そこに書いてある数式を見て呟く。

「彼女の字だ」

サイアスは愛おしそうに書かれている数式を指先でなぞる。

その仕草から、サイアスにとって母が大きな存在だったのだと伝わってきた。

彼は全てのページに時間をかけて目を通すと、表紙を閉じてノートを返してきた。

それを受け取る時、サイアスに間近で顔をのぞき込まれる。

歩夢が反射的に視線を持ち上げると、前髪を一房摘まれた。

「顔立ちは彼女に似ているが、髪は私に似たな。彼女の髪はカールしていた」

――やっぱり、そうなんだ。

母は父親のことを何も語らなかった。

だから歩夢も母に遠慮して、どんな人なのか聞けなかったのだ。

ずっと言えないような人なのかと思っていたが、そうじゃなかった。

母は父親のことを話したくとも、どう言ったらいいのかわからなかったのだ。

異世界にあるリアン王国の大魔導士が父親だなんて、誰も信じてくれないだろうから。

——それがまさか、こんな形で会えるだなんて……。

歩夢は様々な感情がこみ上げてきて、口にするべき言葉がわからなくなる。

カラカラに乾いた喉を潤すために、ゴクリと唾《つば》を飲み込んだ。

「……じゃあ、あなたが、僕の父さんなんですか？」

サイアスは微笑みながら頷いてくれた。

慈しむような眼差しを向けられ、息子である自分が現れたことを喜んでくれているとわかり、歩夢は胸がいっぱいになる。

けれど、感情のままに抱きつくことは出来なかった。

血が繋がっているとはいえ、会ったばかりの父親に甘えるなんてことは、高校生の歩夢には少し照れ臭かったのだ。

「そうだったんですね。……えっと、初めまして。歩夢です。ええっと、母がお世話になりました」

気が動転し、ずいぶん他人行儀な挨拶をしてしまう。

サイアスは意表を突かれたような顔をし、ぎこちない動きで歩夢の頭を撫でようと腕を持ち上げる。

しかし、サイアスの手の平が歩夢に触れる寸前で、足に軽い衝撃が走った。

「わっ⁉　……あ、タッくん」

「あーむ」

「え？　あーむって、僕の名前？」

「あーむ、あーむ！」

タツは歩夢を指さし繰り返す。

――初めてしゃべった言葉が、僕の名前……。

ジーンとしてしまい、言葉を詰まらせる。

するとその隙に、タツが口の周りについた果汁をさりげなく歩夢の服で拭いた。

「タッくん、今、僕の服で口を拭いたでしょ？」

「ごめーちゃい」

叱られたと思い、タツは『ごめんなさい』と言ってショボンと頭を下げる。

けれど両手は服を握り締めたまま。

歩夢は苦笑しながらタツを抱き上げる。

黄金の果実を食べたことで、また成長した。

身体もだが、内面が成長して言葉を話すようになり、さらに愛おしさが増してくる。

「いいよ、怒ってないよ。お腹いっぱいになった？」

「ん」

タツはニコッと笑う。

その笑顔が愛くるしくて、歩夢も自然と笑みを浮かべる。

タツのまるっとした頭をいい子いい子と撫でながら、ふと何か大事なことを忘れているような気がした。

――あっ、ユーリさん!!

ユーリは黄金の果実を手に入れるために、一人で王都に向かってくれたのだった。

それを今の今までうっかり忘れていた。

「ユーリさんに会わないと……。今どこだろ？　もう王都にいるかな？」

歩夢が慌てて部屋を出ようとすると、サイアスに引き止められる。

「待て。私が呼び寄せてやろう」

サイアスが瞳を閉じ右手を真っ直ぐ前へ伸ばすと、何もない空間から黒い砂が現れ、やがてその中からユーリが姿を現した。

「……ここは？　今のは移動魔法か？」

怪訝《けげん》そうに呟くユーリの背に、タツを抱えた歩夢が飛びつく。

「ユーリさんっ」

「ちょっ、なんですか、いきなり!?　って、その声はアユムさんですか？」

「そうです、よかった、また会えたっ。あ、タッくんはもう黄金の果実を食べたから大丈夫ですから」

「は？　食べたって、どこで手に入れたっていうんです？」

「えっと、父さ……、サイアス様がくれたんです」

なんとなくサイアスのことを父と呼ぶのが気恥ずかしく、名前で呼んでいた。

ユーリはサイアスの姿を確かめ、その場に片膝をつく。

「サイアス様、気づかず失礼しました」

「気にしなくていい。息子が世話になったようだな」

「息子……？」

ユーリが一瞬訝《いぶか》しげな顔をしたが、すぐに歩夢のことを指しているのだと察したようだ。

「当然のことをしたまでです」と、さも最初から知っていたかのように答える。

相変わらず外面と要領がいいな、と感心していると、立ち上がったユーリが周囲を見回して言った。

「ここは城の中ですか？」

「ああ。アユムがお前を探しに行こうとしたので、私が魔法で呼び寄せたんだ」

「そういうことだったんですね」

ユーリは状況を理解し、そしてお腹がいっぱいになってご機嫌のタツを確かめ、ホッと安堵の吐息を漏らす。

「タツ、ひもじい思いをさせてすみませんでした」

ニコニコしているタツの頭に、ユーリが手を伸ばす。

そのまま撫でるのかと思ったのにピタリと動きを止め白々しくその手で自分の乱れた髪をかき上げながら、別の話題を振ってきた。

「ところで、お二人はどちらで出会ったんですか？」

歩夢がなぜ城にいるのか、その経緯を知らないユーリは疑問に思ったようだ。

するとサイアスは、歩夢も聞かされていなかったことを説明し始める。

「一ヶ月ほど前、アユムの母と似た気配を感じた。千里眼で探ってみたら、アユムを見つけたんだ。すぐに彼が私と彼女の子だとわかり、息子が心配でそれからもたびたび様子を見ていた。そして先ほど、切迫した状況に見舞われているようだったので、助けてやろうとここへ連れてきた」

母の気配、というのは、おそらくこの魔法増幅ノート。

ノートを通して魔法が発動した時、サイアスに気配を察知されていたようだ。

――でも、じゃあ、父さんは……。

「ずっと僕たちのことを見てたんですか!?」

「ああ。そのノートを使ってこの世界に来た時からな」

そんな前から自分の存在に気づいていたなんて、びっくりだ。

「なんですぐに会いに来てくれなかったんですか？」

「私のことを聞かされていないかもしれないと考えたからだ。いきなり父親だと名乗る男が現れたら、怖がらせてしまうだろう？　だから千里眼の魔法で様子を窺っていた。アユムに何かあったら、すぐに駆けつけられるようにな」

どうやらサイアスなりに気を使ってくれていたらしい。

だが、もし丘の上の魔導士と会った後くらいにサイアスが現れてくれていたら、もっとずっと早く王都へたどり着くことが出来たのでは？

あの時に、サイアスと親子かも、という話が出たんだし……。

ついそんなことを考えてしまったが、千里眼の魔法は周囲の音まで聞こえるわけではない。歩夢たちの会話の把握は出来ていなかったのだろう。

ともかく、こうして無事に王都にたどり着けたのだから、よしとしよう。

サイアスと歩夢の話が一段落したところで、ユーリが一歩進み出た。

「サイアス様、ありがとうございました。私はドラゴンを竜騎士団へ連れていかなくてはいけないので、これで失礼させていただきます。アユムさんも一緒に来てもらえますか？」

「はい、もちろん」

タツは歩夢から離れないのだから当然だ。

「えっと、色々とありがとうございました」

「……またいつでも訪ねてきてくれ。待っている」

歩夢がお辞儀をすると、サイアスは何か言いたそうな顔をした。

少し待ってみても何も言ってこなかったので、歩夢は不思議に思いながらもユーリの後に続く。

廊下に出て三人だけになると、ユーリが歩きながら話しかけてきた。

「タツを竜騎士団の居住区に連れて行った後、あなたはどうするんですか？」

「どうって、他の召喚者たちに会いたいです」

当初の予定では、王都に着いたら他の召喚者たちの元へ向かうつもりだった。

そしていつか父親かもしれないサイアスと会いたいと思っていた。

けれど、先にサイアスと会うことが出来たので、とりあえず召喚者としてこの国で暮らしていくための手立てを探さなくてはいけない。

会ったばかりの父親の世話になるという選択は、歩夢の中には全くなかったのだ。

「あなたは微妙な立場です。生まれ育ったのは別の世界ですが、大魔導士のサイアス様の血を受け継ぐただ一人の息子。召喚者としてではなく、魔導士として生きていく道もありますよ？」

「僕が魔導士!?　ノートがないと何も出来ないのに？」

「普通はどんな魔道具を使っても、力のない者は魔法を使えないんです。魔道具のノートを介してでも魔法が使える時点で、あなたは魔導士になる素質があることになります」

ノートに数式を書けば誰でもそれなりに魔法が使えるのかと思っていたが、そうではないようだ。

急に別の道を示され、歩夢は自分の身の振り方を悩んでしまう。

――僕が魔導士に？　なれるものなのかな？

訓練してどうにかなるものなのかすらわからない。

歩夢が悶々《もんもん》と考え込んでいると、頬を小さな手でペチペチされる。

いたずらしてきたのかと思ったが、タッは心配そうな顔をしている。

歩夢が急に難しい顔で黙り込んだから、不安にさせてしまったらしい。

「タッくん、僕は大丈夫。何も心配いらないよ」

笑顔を向けるとタッも安心したようにつられて笑ってくれた。

これからのことはすぐに決められない。

だから今するべきことに集中しよう。

歩夢はユーリに続いて城内の廊下を行き、門兵が守る巨大な扉を出る。

外に広がっていたのは、様々な花が咲き乱れる美しい庭園。

これまでいくつかの村や町を見てきたが、ここまで見事な庭園は目にしたことがない。

王の庭に相応《ふさわ》しい、立派な造りだった。

「何をぼうっとしてるんですか？　行きますよ」

花々に目を奪われている歩夢の腕をユーリが引っぱってきた。

我に返った歩夢は、促されるまま花壇の間に設けられたレンガ敷きの小道を歩いて行く。

花壇を挟んだ向こう側にも広い道があり、そこを護衛だろう兵が長い槍を持って歩いていた。

小道を足早に進んでいくと、ようやく城外へ出るための大きな門にたどり着く。

そこを抜けると、静かな住宅街が現れた。

ユーリに聞いたところ、城に近いこの辺りは、貴族たちの屋敷が集まっているという。

頑健《がんけん》な石造りの屋敷が立ち並ぶ区域を過ぎると、人通りが多い道に出た。

村で見たような木造家屋と先ほどの石造りの屋敷の中間のような、土台は石、壁などは木で出来た建物がズラリと通りに建っている。

ここは色々な店が集まっている場所らしく、買い物客で通りは賑わっていた。

ユーリは王都出身だけあって、何度も角を曲がり小道を通り、スイスイ進んで行く。

そうして裏通りに当たる道の角を数回曲がって、高い柵で囲まれた一角にたどり着いた。

どうやらここが竜騎士団の居住区のようだ。

――学校みたいだ。

敷地内には小学校の校舎のように大きな建物がいくつか建っており、そこで竜騎士たちが寝起きしているという。

敷地内に足を踏み入れてわかったのだが、建物に四方を囲まれた中央部分にはグラウンドのように広い中庭が設けられていた。

ここで剣術の稽古をしたり、ドラゴンがいた時は共に鍛錬を積んでいたそうだ。

「こちらへ。まずは団長に報告に行きます」

ユーリは一棟の建物に入って行く。

貴族たちの屋敷と同じ石造りの建物は三階建てで、竜騎士とすれ違うと軽く頭を下げられた。

ユーリは団長の息子とのことなので、敬意を表されているのだろう。

おまけの歩夢は少々居心地の悪さを感じながら、会釈を返す。

「ユーリです。失礼いたします」

廊下の突き当りにあるドアをノックし、ユーリは中からの返答を待たずに開ける。

想像よりもこじんまりした室内には、大きな窓を背にしてデスクに向かう男性が一人座っていた。

「団長、戻りました」

ユーリは遠慮なく室内を横断し、男性の前に立つ。

五十歳前後の口髭を生やした男性は、ユーリと同じブルーの瞳を上向けた。

「帰ったか。それで、目的のものは手に入ったのか？」

「はい。……アユムさん、タツをこちらへ」

この男性が竜騎士団長であり、ユーリの父親。

歩夢はタツを抱いたまま、ユーリの隣に立つ。

団長は部外者の歩夢に怪訝な視線を送り、次に腕の中のタツを見て、眉間に深い皺を刻んだ。

「……卵を持ち帰るはずではなかったか？」

「少々手違いがありまして、孵化してしまいました」

団長は険しい顔つきのまま、ため息をついた。

「孵化させてしまったのは想定外だったが、金色のドラゴンを持ち帰ったのはお手柄だ。

……で、その彼は？」

団長の鋭い眼差しが歩夢を射抜く。

瞳の色が同じだからだろうか。

初対面の時にユーリから向けられた視線と同じ冷やかさを、彼からも感じた。

ユーリはやや言いづらそうに言葉を探しながら、説明のため口を開く。

「彼は異世界からの召喚者で、ここまで共に旅をしてきました」

「私が聞いているのは、なぜ彼がドラゴンを我がもの顔で抱えているのか、ということだ」

「………タツが彼を親だと思っているからです」

気まずそうに呟いたユーリを見て、団長は大きなため息をつく。

「何をやってるんだ。それに、『タツ』というのはドラゴンの呼び名か？　勝手に名前をつけたのか？　規則を知っているだろう？」

「申し訳ございません」

項垂《うなだ》れるように頭を下げるユーリを見て、歩夢は申し訳なさが最高潮に達した。

「あの、ユーリさんは悪くないんです。その、僕がこっちの世界に来た時に、卵の上に落ちて割っちゃって……」

「どういう事情があろうと、ミスはミスだ。そうだな、ユーリ？」

「はい。申し訳ありません」

この世界では、これが通常の親子の関係なのだろうか？

それとも、彼らが竜騎士という仕事に就いているからか？

または、上司と部下、という間柄だから？

いずれにしても、ここまでユーリが叱責されると思わず、深く考えずに名前をつけてしまったことを反省する。

「まあいい。ドラゴンには新しい名をつける。ドラゴンをこちらへ渡してもらおう」

「で、でも……」

「なんだ？　渡したくないと？」

「いえ、そうじゃなくて」

団長がユーリに目配せし、タツを歩夢から引き離すように指示を出す。

しかし、これまでの経験で、歩夢からタツを離すことが出来ないのをユーリもわかっているため躊躇《ためら》っているようだ。

モタモタしている息子に苛立ったのか、団長自らタツに手を伸ばしてきた。

タツもそれを察知し、警戒して身を強張《こわば》らせる。

——タッくんの機嫌が悪くなったら、火を吐いちゃう。

歩夢はなんとか時間をもらえないか頼もうとした。

するとそれより前に、ユーリが団長と歩夢の間に身を割り込ませてきたのだ。

「お待ちを。今すぐに引き離すとドラゴンが不安定になってしまいます。赤子と言えど金色のドラゴンです。これまでも二人を引き離そうとすると、炎を吐いて抵抗されました。時間をかけて徐々に離した方がいいと思います」

「幼体ですでに炎を操る力を目覚めさせているのか。無理矢理引き離すのは難しいか……」

団長はしばし考え込み、そしてこう告げた。

「仕方ない。親離れ出来る月齢に成長するまで、彼にはこの居住区内にとどまってもらおう。城へも報告を上げておく。ユーリ、ドラゴンの厩舎《きゅうしゃ》へ案内しろ。お前も二人と共に厩舎で生活するように」

「わかりました。……アユムさん、行きましょう」

ユーリに促され、団長に一礼して退室する。

三人だけになったことを確かめ、歩夢は先ほどの話はどういう意味なのか、詳しい説明をユーリに求めた。

「ユーリさん、僕とタッくんはどうなるんですか？」

「タツがあなた以外の人間に心を許すようになるまで、居住区内にあるドラゴンの厩舎で生活してもらうことになりました。私も監視役として一緒に暮らします。しばらくここにいてもらうことになりますが、悪い待遇ではないので安心してください」

つまり、ここで歩夢だけお別れの予定だったが、まだしばらくタツと一緒にいられるということか。

別に次の予定があるわけでもないし、まだタツと一緒にいられることが嬉しい。お別れしなくてすんだことを喜んだ。

「あ、でも、その厩舎っていうのはどういうところなんですか？」

歩夢のイメージでは、家畜を飼う小屋、ということになるので少し不安を覚えてしまう。

ユーリは歩夢の心配を、見知らぬ場所での生活への不安だと受け取ったらしい。

厩舎に向かいながら、竜騎士団の居住区内を軽く案内してもらうことになった。

「今いる建物は、団長をはじめ竜騎士団の上官専用の寮で、一階と二階には執務室や会議室などの公務を行う部屋があります。一般の竜騎士たちは左右にある二つの建物で暮らしています。残りの一棟は訓練棟で、室内には剣術の練習をする訓練場や座学を受ける部屋が設けられてます」

ユーリは廊下の窓から外を指さし、それぞれの建物について簡単に説明してくれた。

次に建物を出てグラウンドを横切り、訓練棟の裏手に回る。

建物に隠れていて見えなかったが、そこにはもう一棟、一階建ての小さな建物があった。

中へ入ると、そこは普通の民家のような造りになっており、こぢんまりしているけれど日当たりがよく室内はとても明るい。家具もすでに置いてあり、すぐに生活出来る状態だった。

「ここは？」

「厩舎と呼ばれる、ドラゴンが暮らす家です。ドラゴンは訓練や戦闘時以外は人型で暮らします。パートナーとなる竜騎士と共に、この家で寝起きすることになっているんです」

『厩舎』というのは、ただの呼び名だったようだ。

ドラゴンだからとひどい扱いは受けず、きちんとした生活が送れるようで安心した。

歩夢は床にタツを降ろし、自由に歩き回らせてみる。

歩夢とユーリは近くのイスに腰を降ろし、初めての場所に興味津々で探検して回るタツを見守りつつ一息つく。

「さて、家の中の案内をまだしていませんでしたね。各自の部屋割りも決めないといけないですし、少し見て回りましょう。……ここは、一つの建物にドラゴン三体、パートナーとなる竜騎士三人で住めるようになっています。今いるここが共同スペースのキッチンで、奥へ続く扉を開けると廊下があり、左右それぞれに個室が三部屋ずつあります」

ユーリの説明通り、廊下にはドアが六つあった。

八畳程度の個室にも家具が備えつけられている。

好きな部屋を使っていいと言われ、歩夢は廊下に出て左手にある、キッチンに一番近い部屋を選ぶ。

ユーリはその向かいの部屋を選択した。

タツはまだ小さいので歩夢と同じ部屋だ。

家の中の設備は以上で、風呂とトイレは屋外に作られている。

それらを見に行ったついでに、厩舎の奥に位置する、黄金の果実がなる竜の木を栽培している果樹園も見せてもらった。

果樹園の竜の木は十二本。

どれも三メートルほどの高さで、黄金の果実がそこかしこに実っている。

「こんなに黄金の果実が……。これならタッくんも食事に困らないですね」

旅の最中はあれほど入手が難しかった果実だが、ユーリが言っていたように居住区にいれば空腹を覚えることはないだろう。

タツは鼻をヒクヒクさせて、黄金の果実の匂いを嗅ぎつけたようだ。

「もう一つ食べますか？」

「んっ」

ユーリがさっそく木から果実をもぐ。

「いいんですか？　ついさっき食べたばかりですよ？」

「だいぶ大きくなりましたからね。もう一つでは満腹にならないでしょう。これからは、一週間で二つ食べさせるようにしていきます」

家の中へ戻り、ユーリがキッチンで手早く果実をスライスし、ダイニングテーブルについたタツの前へ置く。

タツがユーリを見上げ、ニコリと微笑んだ。

「あーとー」

初めの『ありがとう』に感動し、歩夢が歓声を上げる。

「わあ、すごい、ありがとうって言った！」

「あーとー、あーとー、ウーリ」

拙いながらも言葉が確実に増えてきている。

ついこの前までミルクを飲んで寝る赤ちゃんだったのに、目覚ましい成長だ。

「ユーリさん、タッくんがありがとうって言ってくれましたよ」

歩夢が興奮ぎみに伝えると、ユーリが身を屈めてタツと目線を合わせる。

その目元が少し潤んで見えた。

「どういたしまして、タツ。……私の名前も覚えててくれたんですね」

「あーむ、たぁくん、ウーリ、いっちょ」

ユーリは薄っすら笑みを浮かべ、「そうです、一緒です」と答えてくれた。

それがタツも嬉しかったようで、とてもご機嫌になった。

……と思いきや、お腹がいっぱいになったら眠くなってきたようだ。

タツはしきりに目を擦り始める。

「ようやく長旅も終わりましたし、ゆっくり眠らせてあげてください」

ユーリに促されて先ほど選んだ部屋に連れて行き、ベッドにタツを寝かせる。

寝返りを打って床に落ちたら大変なので、歩夢もベッドに座ってタツの寝顔を眺めた。

楽しい夢でも見ているのか、時折声を上げてコロコロ笑っている。

寝顔を眺めていられることに幸せを感じていると、ユーリもイスに腰かけ、タツを見てしみじみ呟く。

「大きくなりましたね」

「そうですね。最初は楽に抱っこ出来たのに、もうずいぶん重くなって……。今何歳くらいかな？」

「一歳少しですかね。……ああ、服がずいぶんきつそうだ。あなたはタツについててください。服も後一着しかないですし、私は色々買い出しに行ってきます」

ユーリが出て行こうとしたので、その前にと歩夢は声をかける。

「ユーリさん、色々とありがとうございます」

「なんですか、改まって」

「タッくんと僕が一緒にいられるように、ユーリさんも一緒に団長さんにお願いしてくれたでしょう？　だからこうしてまた一緒にいられます。ありがとうございました」

「私は事実を報告しただけですよ。それに……、本音を言うと、あなた抜きでタツの面倒を見られるか不安だったんです」

初めて聞くユーリの弱音。

まさか彼の口からそんな言葉が出るとは思わなかった。

歩夢は驚いてしまい、黙ってユーリの話に耳を傾ける。

「時々、夜中にタツが目覚めてしまう時があったでしょう？　あなたが背中を叩いて落ち着かせながら、部屋の中を歩き回っていたのも知っています。交代してあげたい時もありましたけど、私じゃ駄目ですから」

歩夢がタツの夜泣き対応をしていた時、ユーリがそんなことを考えてくれていたなんて知らなかった。

きっと、歩夢が至らなくてタツのお世話に手を出したい時もあっただろう。

それでもタツが歩夢以外を受けつけないから我慢していたようだ。

ユーリはきちんとタツのことを考えている。

旅の最中は気を張っていたからか、たまに辛辣《しんらつ》なことを言ってきたけれど、根は優しい。

彼がタツのお世話関係で手を貸してくれたことはほとんどないが、それ以外の部分で陰ながらサポートしてくれていた。

金銭的なこともだが、たとえば時には荷物を代わりに持ってくれたり、野宿の時は夜、魔物が来ないか見張りをしてくれたり、朝も一人だけ早く起きて食料を調達しに行ったり……。

ユーリ一人で旅するより、負担は大きくなっていたと思う。

それでも、それについての文句は一切言わず、自分に出来る仕事を請け負ってくれていた。

だから軟弱な自分も無事に、こうして王都までたどり着けたのだ。

そんな人と最初に出会えたことは幸運だったのだと、今になってわかった。

「それにしても、タツに名前を呼ばれるとこんなにも嬉しいものなんですね。前よりも可愛いと思える。不思議です」

タツを見つめるユーリの眼差しが、出会った頃よりずいぶん柔らかくなっている。

ユーリにとって、もうタツはただのドラゴンではなくなっている気がした。

それが嬉しくて歩夢が頬を緩めると、照れ隠しかユーリが仏頂面《ぶっちょうづら》でつけ足す。

「ですが、あなたには厳しくしますからね。タツを立派に育ててもらわなくてはいけないんですから」

「はいっ」

ユーリの一言で背筋がシャキッと伸びる。

それを見届け、ユーリはタツのに必要な品を買いに出かけて行った。

歩夢はスヤスヤ眠るタツの隣に身体を横たえる。

頬杖をついて間近で顔を見ていると、丸々としたほっぺたを突っつきたくなってくる。

——我慢、我慢。

自分にそう言い聞かせながら、歩夢は最高に幸せな時間を過ごしたのだった。


遠くで何か音が聞こえる。

この音は料理する音？

——今日の朝ご飯はなんだろう？

歩夢が半分夢の中でそんなことを考えていると、突然、ドアを乱暴に開ける音が響き渡った。

「いつまで寝てるんですかっ」

「ふえっ？」

歩夢はびっくりして飛び起きる。

その瞬間、腹の上に乗っていた何かが転がり落ち、ユーリがスライディングして受け止めた。

「危ないじゃないですか‼　タツが転がり落ちましたよ⁉」

「すす、すみませんっ」

「すみませんじゃないでしょうが！」

朝からがっつり叱られ、眠気も一瞬で吹き飛んでいく。

それはタツも同じだったようで、ユーリの腕の中でムニャムニャ言いながらパチリと目を開けた。

「ユーリ？」

「おはようございます、タツ。さあ、朝ご飯にしましょう」

そう言ってさっさとタツを連れて行こうとする。

「ま、待ってください、僕も行きますから」

大急ぎで後を追うが、ユーリはタツを抱っこしたままキッチンへ行ってしまう。

二人にやや遅れてキッチンへ行くと、ダイニングテーブルにはすでに本日の朝食が並べられていた。

クロワッサンと野菜のスープ、サラダにフルーツ、飲み物はハーブティーだ。

隙のない朝食を見て、歩夢は焦り出す。

――しまった、今日は僕が食事当番なのに。

寝坊した歩夢に代わり、ユーリが作ってくれたようだ。

「ユーリさん、すみません。あの、明日は僕が作ります」

ムッツリしながらユーリはタツを幼児用の小さなイスに座らせ、黄金の果実二切れとスープを用意しながらタツに話しかける。

「タツ、どうぞ召し上がれ。スープのおかわりもありますからね」

「いたーましゅ」

歩夢が教えた『いただきます』を終え、タツはフォークを持って果実に突き刺す。

まだぎこちないけど、ずいぶん上手にフォークを使えるようになった。

これもユーリの教育のたまものだ。

ユーリはタツの食事に気を配りながら、自分も朝食に手をつける。

そこでオロオロしている歩夢に、ため息交じりで言ってきた。

「……早く食べてください。片づけはやってもらいますからね」

「はい、もちろんです」

ユーリがそこまで怒っていないようで安心した。

歩夢は寝巻きのまま食卓につく。

「たぁくん、パン、たべりゅ」

「これ？　僕の少しあげるね」

「ありがとー」

歩夢がクロワッサンの端を少し千切ってあげると、タツはニコニコしながらそれを口に運ぶ。

モグモグしてみたものの、思ったような味じゃなかったようだ。

眉間に皺を寄せて困ったような顔になった。

「どうしたの？」

「あまくにゃい」

「クロワッサンだからね。甘くないんだよ」

「むーっ」

甘党のタツは不満そうな顔をしたが、吐き出すことなく飲み込んだ。

「かじちゅのパン、たべりゅ」

「果実のパン？　あ、この前ユーリさんが作ってくれた黄金の果実パイのこと？」

「ん。おいちーの」

先日、ユーリが試作品として作った、黄金の果実の砂糖漬けをフィリングにして作ったパイが、とても美味しかったらしい。

タツはその味を思い出したのか、ほっぺたに両手を当てて幸せそうな顔をしている。

「パイが食べたいんですか？　じゃあ今日の昼に作りますよ」

「やったぁ。たのちみ～」

タツはユーリに「ありがとー」とお礼を伝える。

ユーリは一瞬デレッと緩んだ顔をしたが、すぐに表情を引き締め食事を続ける。

すっかり仲良しの二人を、歩夢は微笑ましく見つめた。

――タッくんが懐いてくれて、ユーリさんも嬉しそう。

竜騎士団で暮らし始めて早くも一ヶ月が過ぎた。

タツはその間にグングン成長し、今ではおおよそ二歳くらいにまで成長している。

ユーリに聞いたところ、ドラゴンは成体になるまでの成長スピードが速く、順調に黄金の果実を食べられた場合はおよそ二年半で成体になるという。

その後は黄金の果実の栄養はドラゴンの巨体の維持に使われるため、とてもゆっくり歳を重ねていき、千年程度生きられると言われている。

タツも一歳を過ぎた頃から食べる量がずいぶん増えてきた。

あまり食べ過ぎて急激に成長すると身体がダメージを受けるそうで、最近は一つの果実を三日かけて小分けにして食べさせるようにしている。

冷蔵庫がないこの世界では、通常の果物はその時に食べ切るようにしているが、黄金の果実は腐らないため保存方法を気にせずにいられてありがたい。

けれどユーリは切り分けた果実を放置するのが気になるようで、一日目は皮を剝いて与え、二日目以降は砂糖漬けなど加工したものを与えるようにしている。

その過程で開発したメニューが、黄金の果実パイ。

タツの心を一番掴んだメニューとなった。

本来、竜騎士団の居住区では当番制で竜騎士たちが全員の食事を作ることになっている。

タツや歩夢も彼らと同じ食事を提供してもらうことが可能だったが、意外にもユーリが料理上手だったのだ。

この手料理が功を奏したのか、タツは美味しいご飯を作ってくれるユーリに懐くようになった。

タツがユーリの手料理を食べたがるので、二人で交代で食事を用意することにしたが、タツにリクエストされてユーリがキッチンに立つ日の方が多くなってしまっている。

だが、ユーリも悪い気はしないようで、タツのために黄金の果実を使ったメニューを色々と考えてくれていた。

「そうそう、今日は私も午後から空いてるんです。アユムさんとタツの予定は？」

「うーん、特にないんですけど……。あの、出来れば少し王都を見て歩きたいです。なんだかんだでほとんど王都を歩いてないので」

この一ヶ月、歩夢とタツはまず竜騎士団での生活に慣れることを第一にしていた。

竜騎士団のドラゴンとなるための訓練も、少しずつ始めている。

訓練と言っても、人型から竜型になったり、竜型になったタツが一人で空を飛んだり、といった基礎的な練習だ。

身体がもっと成長して、十歳くらいになったら実際にユーリを背に乗せて実戦向きの訓練を始めるそうだ。

このペースでの成長なら、一年後くらいに実戦訓練を開始出来そうだと聞かされている。

なので、午前中に訓練を終えた後は、夜眠るまで丸々遊ぶ時間だ。

ユーリは竜騎士としての訓練や仕事もあるため、午後は歩夢とタツの二人でこの家で遊んで過ごしている。

珍しくユーリの午後の予定がないというのなら、そろそろタツもここでの生活に慣れてきたし、王都を散策してみたいと思った。

ユーリは「では、そうしますか」と同意してくれる。

「グラウンドでタツの訓練をした後、昼食を食べ終わったら、王都へ出ましょう」

「タッくん、久しぶりのお出かけだよ。楽しみだね」

「おでかけ？　なあに？」

「うーんと……、ここの外をお散歩するんだよ」

「おさんぽ！　しゅる！」

タツは外遊びが好きで、毎日居住区の敷地内をあちこち散歩している。

外を歩けると聞き、とても嬉しそうだった。

「さあ、早く食べてグラウンドへ行きましょう」

ユーリの声掛けに反応して、タツも一心に残りを食べきる。

ほんの少しだけれど、黄金の果実を食べたことでまたちょっと大きくなった気がする。

毎日毎日、タツは成長を見せてくれる。

それをこうして傍で見ていくことが、歩夢の楽しみになっていた。


「うわぁ、すごい人……」

歩夢はタツを抱っこしたまま、呆然と周囲を見つめていた。

昼食後に少しタツを昼寝させた後、三人は竜騎士団の居住区を後にした。

ユーリの案内でまず向かったのが露天商《ろてんしょう》が集まっている広場だ。

そこはフリーマーケットのような雰囲気で、大変賑わっていた。

「ここはけっこう掘り出し物があるんですよ。少し見て回りましょう」

ユーリは勝手知ったる様子で、露店の間の通路を悠々と歩いて行く。

これはうっかり気を抜くと迷子になりそうだ。

歩夢はユーリの後を必死で追いかける。

「色んなものが売ってますね。あ、あれ、タッくんが好きそう。見てもいいですか？」

ユーリに許可をもらい、幼児向けのおもちゃが並ぶ露天商のところに向かう。

「ラッパ！　ラッパー」

タツは目を輝かせ、たくさんのおもちゃの中からラッパを手に取る。

「ラッパがいいの？　竜騎士さんが吹いてるラッパ、気に入ってたもんね」

竜騎士団の居住区で、有志《ゆうし》が集まって楽器の演奏をしているのをよく目にしていた。

城にはお抱えの楽団があるため彼らは公式の場で演奏はしないが、趣味で音楽を続けているらしい。

午後の余暇《よか》の時間になると演奏している音が聞こえてくるので、歩夢とタツもたびたび見学しに足を運んでいた。

タツはラッパを手にし、大喜びで口に咥えようとする。

歩夢はそれを慌てて止め、値段を確認した。

ラッパの前に置かれていた値札には、銀貨一枚と書いてある。

――た、高……っ。

露店だからもう少し安いかと思ったが、そういうわけでもないらしい。

子供用とは言え金属で作られているから、それなりの値段がするのだろう。

歩夢は他のおもちゃをタツに勧めてみるが、頬をプクッと膨らませ、『絶対にこれ！』といったオーラを放っている。

――さすがに高いなぁ。困った、どう説得しよう？

するとユーリが「これをください」と言って銀貨を店主に支払った。

「タツ、訓練を頑張ったご褒美です。吹いてみなさい」

タツはふくれっ面から笑顔になり、いそいそとラッパを口に咥える。

しかし、息を吹き込むと音が出る、というのがわからないらしい。

口をつけたのにうんともすんとも言わないので、不思議そうな顔をした。

「ふーってしてみて。音が出るよ」

「ふーっ」

タツがふうっとすると、微かにラッパの音がした。

おもちゃだから一つの音しか出ない仕組みだが、タツはとても喜んで何度も何度もラッパを鳴らす。

繰り返すうちにコツを掴んだようで、音も徐々にしっかりしたものになっていった。

「上手だね。よかったね、タッくん。タッくんが頑張ったからユーリさんがプレゼントしてくれたんだよ」

「ユーリ、ありがとー！」

「どういたしまして」

タツからお礼を言われ、ユーリも頬を緩める。

タツがラッパに気を取られて大人しいうちに、歩夢とユーリは広場の露店を一通り見て回った。

歩夢は歩き回りながら露店を眺めるだけで忙しかったが、ユーリは気になる商品を見つけるとすぐさま露天商に声をかけ、色々と購入していく。

はじめは何を買っているか気にしていなかったけれど、三店目でユーリがタツのものばかり見繕っていることに気づいた。

「それ、タッくんにですか？」

「ええ。履きやすそうな靴を見つけたので。タツ、これを履いてみてください。サイズが合うといいんですが」

「くっく、はくー」

新しいものが好きなタツは、新品の靴に興味を示した。

タツを抱えたましゃがむと、ユーリが小さな靴を履かせてくれる。

「履けましたね。試しに歩いてみてください。きつくないですか？」

タツはその場で足踏みし、ニコッと笑う。

「だいじょーぶ！」

「そうですか。では、こちらをいただきましょう」

ユーリは値段を見ずに購入を決め店主の言い値の銅貨を渡し、歩夢はタツと一緒に敷布の前にしゃがんで他に何が売っているのか眺める。

この店は靴屋らしく、サンダルやブーツ、歩夢が履いているような革靴など、色々な種類の靴を売っていた。

歩夢がしげしげと見ていると、会計を終えたユーリが聞いてきた。

「タツはどこです？」

「隣にいますよ。……って、あれ!?」

てっきりすぐ隣にいると思っていたのに、いつの間にかいなくなっている。

「タッくん!?　どこ!?」

「いないんですか？　何やってるんですかっ」

ユーリに叱られても耳に入ってこない。

歩夢は焦って周囲に目を凝《こ》らす。

しかし広場にはたくさんの人が行き交っており、小さな子供は人混みに紛《まぎ》れてしまう。

二人は血相を変えてタツを探す。

「あ、いたっ」

幸いすぐにタツを見つけられ、ユーリもこちらへやってくる。

「どこですか？」

「あのお店の前にしゃがんでます。あれは、金魚屋？」

タツは広い通路の反対側にある金魚屋の水槽の中を、熱心に覗き込んでいる。

「タッくーん！」

大きな声で呼んでみるが、タツには聞こえていない。

どこかへ移動する前に捕獲しようと、急いで金魚屋へ向かう。

けれどすごい人混みで、なかなか思うように進めない。

「遅いですよっ」

ユーリはイライラしながらも、歩夢の手首を掴んで先を進んでくれる。

おかげでなんとか人の流れが活発な通路を渡れたが、あと十メートルでたどり着くというところで、タツの手を見知らぬ男が引っ張り、人混みの中に消えていったのだ。

「タッくん!!」

歩夢は真っ青になって大急ぎで後を追う。

人をかき分けながら広場を出ると、男は細い路地《ろじ》へと入っていった。

「タ、タッくんっ」

歩夢が悲鳴のような声を出すと、ユーリが駆け出した。

歩夢も気が動転していたけれど、タツが心配で急いで路地へと向かう。

人がギリギリすれ違える程度の狭く薄暗い路地に飛び込むと、なぜかユーリが立ち尽くしていた。

「ユーリさん、タッくんは!?」

歩夢はユーリの横から路地の先を覗き込む。

そこには全身黒い服を着た長身の男性が、こちらに背を向けて立っていた。

状況から推測して、この男性もタツを連れ去った男の仲間かと思った。

歩夢が全身に緊張を走らせると、すぐ近くでタツの無邪気な声が聞こえてくる。

「フワフワねこしゃん、かーいい」

「タッくん!?」

歩夢の声に反応し、男性がこちらをゆっくり振り向く。

彼の腕には、猫を抱っこしたタツが抱えられていた。

「タッくんっ」

歩夢はユーリを押しのけるようにしてタツに歩み寄る。

男性からタツを奪い、怪我がないか全身を確認した。

「大丈夫？　どうして知らない人についていったの？　心配したんだよ？」

「ねこしゃん、いるって。ほら、ねこしゃん！」

人見知りなのになぜ見知らぬ男についていったのかと疑問だったが、猫で釣ったらしい。

――そっか、教えてなかったから……。

知らない人について行ってはいけない、ということを教えてあげていなかった。

知らなかったから、素直なタツは猫見たさについて行ってしまった。

――僕が悪い。

歩夢がタツを抱きしめると、猫がびっくりして逃げ出す。

タツは残念そうな顔をし、歩夢が「ごめんね」と謝った時、背後からユーリの呟きが聞こえてきた。

「サイアス様、なぜここに？」

――サイアス様、だって!?

歩夢はようやく目の前の男性の顔を確かめる。

先ほどタツを抱っこしていた男性は、リアン王国一の魔導士であり歩夢の父親であるサイアスだったのだ。

「サイアス様!?」

ここにいるはずのない人物の登場に、歩夢は驚きすぎて声が裏返ってしまう。

ユーリは矢継ぎ早に先ほどの続きを質問する。

「サイアス様もこの辺りにいらしてたんですか?」

「いや、ドラゴンの子が攫われそうになっていたので、助けに来たんだ。攫おうとしていた男は、魔法で眠らせてある。放っておいても一日経てば目が覚めるだろう」

サイアスが路地の端に身を寄せると、男がうつ伏せで倒れている。

タツを助けに来てくれたのはとてもありがたかったが、サイアスの言っている意味がよくわからなかった。

けれどすぐに、以前、千里眼で歩夢の様子を見ていたと言われたことを思い出す。

サイアスとは一ヶ月前に城で別れたきり会っていない。

忘れていたわけではないが、タツのことが最優先の生活を送っていたため、サイアスに会いに行くことも手紙を送ることもなかった。

しかし、サイアスは歩夢のことをあれからもずっと気にかけてくれていたのだろう。

そうしてタツの窮地を知り、移動魔法で助けに来てくれたのだ。

ずっと母親と二人暮らしで、父親という存在が身近になかった。

だから正直に言うと、サイアスにどう接すればいいのかわからない。

普通の親子はどんな会話をするのだろうか。

親子なら、もっと頻繁に会いに行くものか？

母には素直に甘えたり我がままを言えたが、サイアスとの距離感はまだ掴めていない。

サイアスのことは嫌いではないけれど、母に見せていたような素顔をすぐには見せられなかった。

「あの、タッくんを助けていただいて、ありがとうございました」

他人行儀に頭を下げる歩夢を見て、サイアスは小さくため息をつく。

気分を悪くさせてしまったかと不安になったが、サイアスは優しい笑みを浮かべた。

「私の力が必要になった時は頼ってくれていい。お前は私の息子なのだから。また会おう」

サイアスは歩夢の返答を待たず、すぐに離れていく。

そして移動魔法を発動させ、黒い砂が彼の周りを覆い、砂が落ちた時にはもう彼の姿は消えていた。

「……行っちゃった」

歩夢はポツリと呟く。

短い会話だったけれど、頭を撫でてくれた手の感触がまだ残っている。

サイアスの手は母と同じ温《ぬく》もりを持っていて、自分を常に気にかけてくれる人がいることが嬉しかった。

歩夢が面映《おもは》ゆい気持ちになっていると、珍らしくユーリがタツにお説教する声が聞こえてきた。

「タツ、もう一人で出歩いてはいけませんよ。迷子になったら大変です」

「まいごー？」

「そうです。迷子になったら、私やアユムさんと会えなくなってしまいますからね」

「あえないによ……？」

そのシーンを想像したようで、タツの瞳が潤んでいく。

ユーリは予想外の反応に大慌てで、「ま、まあ、絶対に見つけますけどね！」とフォローを入れた。

ユーリに代わり、タツの理解しやすい言葉で歩夢が伝える。

「あのね、僕とユーリさんはタッくんと少しの時間も離れたくないんだ。だからちゃんと傍にいてね。タッくんがいなくなったら、僕泣いちゃうよ？」

「あーむ、ないちゃう？」

「うん、ずーっと泣いちゃう」

「ユーリも？　タッくん、いないとー、ないちゃう？」

タツに質問され、ユーリはわずかに言いよどんだものの、「ええ、もちろんです」とやや照れくさそうに答えた。

――ユーリさん、タッくんには勝てないんだなぁ。

歩夢がフフッと笑いをこぼしたのを見逃さず、ユーリがタッに見えない位置から睨んでくる。

「えーっと、ほら、もう帰らないと！」

歩夢はユーリの視線から逃れるため話題を変え、路地を出る。

タッは迷子の話が効いたらしく、大人しく抱っこされていた。

「帰り道はこっちかな？」

「全然違います。逆方向ですよ。あなたこそ迷子にならないでくださいよ」

路地を出て右に行こうとすると、服の首の後ろあたりを掴まれて引き戻された。

左の道を行くユーリの後ろをピッタリついて行きながら、歩夢は腕の中であくびしているタッを抱き直す。

――本当に、無事でよかった。

サイアスが駆けつけてくれなかったら、どうなっていたかわからない。

歩夢もこの身に代えてもタッを守る覚悟をしているが、スペックは恐ろしく低い。

これまで喧嘩をしたことはなく、運動も不得手。

一応、ノートを介せば魔法を使えるけれど、数式を解く余裕がなければ発動出来ない。

今後、似たようなことが起きた時にタッを守り切れるだろうか。

でも、こんな弱い自分だけど、タツを守りたい。

竜騎士団の居住区までの帰路、歩夢はずっと考えていた。

そしてようやく居住区の門が見えたところで、あることを思い出した。

——サイアス様は、スムーズに魔法を使ってるじゃないか。

歩夢のように魔道具を介することもなく、とても早く魔法を発動させていた。

サイアスが特別な魔導士だから、というのもあるだろうが、自分にも魔導士の素質があるとユーリが言っていた。

なら、もっときちんと魔法の勉強や訓練を積めば、サイアスのように自由自在に魔法を使えるようになるかもしれない。

そうなれたら、タツのことも魔法で守ってあげることが出来る。

歩夢は目の前がパアッと明るくなった。

ただタツの日常のお世話をするだけでなく、タツのために自分にもしてあげられることが見つかった。

ユーリに魔導士を目指すことを勧められた時はピンとこなかったが、はっきりとした目標が出来たことで、俄然やる気がわいてくる。

——魔導士になろう。

タツを守れるだけの力が欲しい。

歩夢はこの世界に来て初めて、これからの目標を見出したのだった。

翌日の朝。

食事当番の歩夢は、食堂からもらってきた丸パンとシチュー、それとタツ用にユーリが作っておいてくれた黄金の果実のジャムをテーブルに並べる。

ユーリは全て手作りしてくれているが、家事能力の低い歩夢は食堂で作ってもらったものを運んでテーブルに並べるだけで勘弁してもらっている。

メニューによってタツのテンションが明らかに変わってしまうので、それをユーリが気にして保存のきくジャムなども作り置きしてくれているのでありがたい。

なんだかユーリに負担ばかりかけていて申し訳ない。

しかし、一度料理に挑戦してキッチンをゴチャゴチャにした挙句、出来た料理はまずくはないけれど美味しくもない、という微妙なレベルで、その時にユーリにもう料理はしなくていいと言われてしまったのだ。

せめてセッティングだけでも完璧にしよう、と歩夢がせっせと朝食を並べ終えたところで、早朝の散歩に出ていたユーリとタツが戻って来た。

「あ、朝ご飯の用意出来てますよ」

「ごはん～」

タツは嬉しそうにイスによじ登る。

そして食卓に並んだ料理を見てちょっとがっかりした顔をしたが、ユーリお手製のジャムを見つけてニッコリしてくれた。

「さっそくいただきましょうか」

ユーリも腰かけ、歩夢はタツの食事の手伝いを始める。

小さく千切ったパンにジャムを塗っていると、待ちきれないタツが大きな口を開けて待っているのが目に入った。

鳥のヒナのような愛らしさだ。

歩夢はジャムを塗ったパンを次々にタツの口に運ぶ。

「おいち～っ」

タツは両手をほっぺたに当て、至福の表情を浮かべる。

パン一つでは足りないようで、おかわりを要求してきた。

歩夢がバスケットに入れてあるパンに手を伸ばすと、手早く食事を終えたユーリが「交代します」と言ってくれる。

タツの食事はユーリに頼み、歩夢はようやく自分の食事にありついた。

「ほら、タツ、あーん」

「あー、むぐむぐ」

タツは素直に口を開け、パクパク食べていく。

ユーリは気づいていないようだが、「あーん」なんて以前の彼なら絶対に言わなかっただろう。

現在のユーリは丁寧な言葉遣いながらも、時々タツに合わせて幼児言葉が出る。

――厳しいユーリさんが、こんな風になるなんて。

歩夢にはまだ厳しく接してくる場面もあるけれど、タツには甘々だ。

竜騎士であるユーリの心を、タツはがっちり捕らえたようだ。

はたから見たら親子に間違われそうなほど仲睦まじい二人を横目で見ながら、歩夢もペースアップして朝食を食べ終える。

「ごちちょーちゃま」

タツの音頭で三人揃ってご馳走様をし、後片付けをしようとするユーリに歩夢は思い切って声をかけた。

「ユーリさん、ちょっとお話があるんですが」

「なんです？　嫌な予感しかしないんですけど」

ユーリは思いきり嫌そうな顔をする。

何もそんな顔しなくても、と思うが、今までユーリに負担をかけてきたことを考えると文句も言えなかった。

歩夢は気持ちを強く持って、昨夜、散々考えた末に出した結論を口にする。

「僕、魔導学校に行こうと思うんです」

「…………は？」

「えっと、昨日、サイアス様がタッくんを助けてくれたでしょう？　僕もいたのに何も出来なくて、それじゃあ駄目だと思ったんです。僕もタッくんを守れるようにならないとって。それで、魔導学校に入学して、きちんと魔法の勉強をしようと思ったんです」

ユーリは歩夢の話を一通り聞き終わると、ため息をつきながらイスに座り直す。

「私は以前、確かにあなたに魔導士になることを勧めました。ですが、あの時と今は状況が違います。あなたは正式にではないですが、竜騎士団の一員のようなものなんですよ？　あなたが魔導学校に行っている間、タツはどうするんですか？　あなたがいれば少しの間、私がお世話しても大丈夫にはなりましたが、まだタツは完全に親離れ出来ていません。あなたと数時間別々になって平気だと？」

一気にバーッと言いつのられ、すぐに反論出来ない。

やっと出て来たのは、「タッくんを説得します」というなんとも心もとないものだった。

「出来ますか？　本当に？　タツが泣きわめいたらどうするんです？」

「…………っ」


タツが大泣きしたら大惨事になるだろうことは、何度か経験済みだ。

タツにも「傍にいる」と約束している。

それなのに急に日中離れ離れになると言ったら、簡単には納得してくれないだろう。

昨夜はなんとかなると思っていたが、ユーリに問題点を一つずつ質問されると、だんだん無謀に思えてきた。

歩夢が何も言えずに俯くと、心配したタツがトコトコやってきて歩夢の足にしがみつく。

そしてユーリをキッと見て、「けんか、めっ」と言った。

「あーむ、ユーリ、めっ」

タツにそう言われるとユーリも引くしかないようで、無言で食器の片づけを始める。

歩夢は力なく膝をつき、タツに「ごめんね」と謝る。

自分の見通しの甘さを反省していると、タツが頭を撫でてくれる。

「あーむ、えらいねー。ごめんね、できたねー」

その口調は歩夢がいつもタツにかけているものと似ていた。

一緒にいる時間が長いから、血の繋がりはなくても似てくるのだな、と歩夢はさらにタツのことが愛おしくなる。

――この子を守りたい。

歩夢はもう一度自身を奮い立たせ、タツを抱っこすると寝室に向かう。

久しぶりにノートを手に取り、空白のページに数式を書き込む。

「何してるんですか？」

歩夢が突然部屋に籠ったことを訝しく思ったようで、ユーリが様子を見に来た。

歩夢は答えまで全て書き終わると、ユーリにこう告げる。

「ちょっとサイアス様のところへ行ってきます。魔導学校の相談に」

「は!?」

そうこうしている間に、歩夢の身体が七色の魔法の光で包まれる。

光で視界が覆いつくされる前に、ユーリの声が耳に届く。

「ちょっと！　タツも連れて行くんですか!?」

「すぐ戻りますから。じゃあ」

歩夢が片手を挙げた直後、七色の光が一際強く閃光を放ち、眩しくて反射的に目を瞑る。

そして次に目を開けた時には、全く違う部屋に立っていた。

「……成功した？」

「ああ。よく来たな」

独り言に背後から答えが返ってきた。

振り返ると、サイアスがソファに腰かけこちらを見つめている。

「サイアス様、いきなりすみません」

「千里眼で見ていると言っただろう？　来るのはわかっていた」

　それなら話は早い。

　歩夢はサイアスの前に進み出て頭を下げる。

「魔法をきちんと使えるようになりたいんです。魔導学校へ入学するためにどうしたらいいのか、教えてくださいっ」

　ユーリに猛反対されたので、サイアスにも難しいと言われると思っていた。

だが、サイアスは意外にもあっさり「わかった」と返してきた。

「お前は素質があるから、入学許可は下りるだろう。問題は、そのドラゴンをどうするかだが、それについてもいい解決策がある」

「え、なんとかなるんですか？」

　予想外の反応に、歩夢は拍子抜けしてしまう。

「息子に初めて頼み事をされたんだ、親なら力になりたいと思って当然だ。そこに座ってくれ」

　歩夢がタツを抱えたままソファに腰を降ろすと、サイアスはタツが大人しくしていられるように、侍女にクッキーを頼んでくれた。

「アユムと話がある。お前は大人しくクッキーを食べているんだぞ」

「クッキー!!」

甘党のタツは口元をジュルリとさせ、「たぁくん、いい子、しゅる!」と元気に約束する。

それを確認し、サイアスはまず魔導学校の入学試験についての説明を始めた。

「魔導学校の入学試験の合否について、私は直接関わっていない。だが、試験内容は私が考えた。内容はとてもシンプルで、水の玉の中に手を入れるだけだ」

「それだけですか?」

「ただの水ではない。魔法をかけてあり、少しずつ水の温度が冷たくなる。手が痛むほど冷たくなるから、力を持たない者は手を引いてしまう。だが、魔導士の素質を持つ者は、無意識に魔法で水を温めたり弾いたりするんだ。素質があるかどうかを、この試験で見極められる。まあ、アユムは素質があるから問題なくパスするだろう」

魔法を使う素質がない者は、どんなに訓練をしても魔法を使えるようにはならない。

その素質の有無を入学試験で見るらしい。

そして試験自体は毎月行われているものの、実際に入学出来るのは、年に一人か二人だそうだ。

「ちょうど来週、魔導学校の入学試験がある。試験後すぐに合否を告げられ、合格者はそのまま入学の手続きをすることになっている。魔導学校は国が運営している養成所だから、費用の面も心配いらない」

学費がかからないのは助かる。

一応、タツのお世話係として竜騎士団から給金をもらっているが、まだ一ヶ月分しかもらっていない。

授業料が高額なら払えないところだった。

――って、そうじゃなくて！

「あの、僕、本当に合格出来ますか？　年に一人くらいしか受からないなら、判定基準も厳しいんじゃないですか？」

魔法増幅ノートを介して魔法は使えるが、別の紙に同じ数式を書いても魔法は発動しなかった。

ノートがない状態で魔法を使えるだろうか。

不安を覚える歩夢に対し、サイアスは力強い口調で太鼓判を押してくる。

「合格する。言っておくが、私の息子だから合格出来るわけではない。力のない者は、出自に関係なく不合格となる。そして、一番の懸念事項であるドラゴンについてだが……」

歩夢は合否の次に気がかりなタツのこととあって、つい身を乗り出してしまう。

ところがその時、ドアがノックされ侍女が飲み物とクッキーを運んできてくれた。

「やったー！　クッキー！」

大皿にこんもり盛られたクッキーを見て、タツが大興奮して瞳を輝かせる。

即座に手を出そうとしたのを止め、『いただきます』をさせてからクッキーを取ってやる。

「ん～、おいちちょう」

タツは大きな口を開け、パクンと一口齧る。

想像よりもずっと美味しかったようで、とろけそうな顔になった。

一枚食べ終わると両手にクッキーを持ち、パクパク食べていく。

少し行儀が悪いが、サイアスが目を細めてタツがモグモグしている姿を眺めていたので、今日だけは好きなように食べさせてあげることにする。

「『いただきます』か。久しぶりに聞いたな」

リアン王国では食事の前に『いただきます』と言う習慣はない。

皆が揃ったら食事に手をつけ始める感じだ。

サイアスが言っているのは、きっと歩夢の母のことだろう。

歩夢はずっと気になっていたけれど聞けなかった母のことを尋ねた。

「母さんは、どうして元の世界に戻ったんですか？」

サイアスの笑みが苦笑へと変わる。

「彼女は元の世界で夢があった。その夢を叶えたら、いつかまたリアン王国に戻ってくると約束してくれたんだ。だからノートを持たせて彼女を元の世界へ帰した。帰ってくる道を開くためにな。……しかし、なかなか戻って来ず、魔法を使って見てみると、お前が生まれていたんだ。こちらとあちら、二つの世界を知っている彼女は、元の世界で子供を育てることを選んだのだろう。大魔導士と召喚者の息子としてではなく、普通の生活をさせてやりたかったのだと思う」

だからこちらの世界で歩夢が魔導士になることを母はよく思っていないかもしれない、とサイアスは語った。

——でも、それは違う気がする。

もしこちらの世界に来させたくないなら、ノートのことを歩夢に話さなかったはず。辛いことがあっても元の世界で生きていくよう諭《さと》しただろう。

それをせず、辛いことがあったらノートを開いてリアン王国に行く道を示したのだから、サイアスになら歩夢を託せると考えていたのだと思う。

きっと母も二つの世界を選びきれなくて悩んだのだろう。

でも、歩夢のためを思い、どちらの世界でも生きていけるようにノートを残してくれた。

「母さんは、僕に父親がどんな人だったかは言いませんでした。でもきっと、困った時に父親に頼れるようにって、ノートを託してくれたんです。僕はこの世界に来てよかったって思ってます。だから母さんも納得してくれます」

母と父、二人の間で昔、どのような会話がされたのかはわからない。

けれど、二人とも互いを想い、そして生まれた歩夢のことを考えてくれたことはわかる。

だから、自分が魔導士を目指すことに、サイアスが負い目を感じてほしくない。

父親が大魔導士だから魔導士を目指すのではなく、タツを守るための方法として魔法を選び、魔導士を目指そうと思ったのだから。

全部自分で決めたことだ。

歩夢が迷いのない口調で伝えると、サイアスは懐かしそうに瞳を細める。

「やはりアユムは母親似だ。頭がよく、強い心と優しい気持ちを持っている。彼女にもう会えないことは悲しいが、こんなにも立派な息子を残してくれた。とても嬉しい」

そしてサイアスは困ったように笑ってつけ加えた。

「出来れば二人きりの時は父と呼んでくれないか。アユムに会うことが私の夢だったんだ」

「えっと……、はい。……父さん、相談に乗ってくれて、ありがとうございます」

まだ照れ臭さがあるし、敬語が抜けない。

だが、サイアスの話を聞き、自分を本心から気にかけてくれていることを知ったことで、少し親密になれた気がする。

こうやって少しずつ父子関係を築いていけたらいい。

歩夢とサイアスが微妙に気恥ずかしそうにしながら話をしていると、その空気をかき消すように、いきなりドアを力強く何度もノックされた。

「失礼しますっ。こちらにアユムさんとタツは……」

部屋の主であるサイアスの返答を待たず、ドアを大きく開けて飛び込んで来たのは、ユーリだった。

彼はソファで優雅にティータイムをしている歩夢を見つけると、肩を怒らせズカズカ近づいてくる。

「何をしてるんですか!?」

「えっと、えー……、お茶をいただいてます」

歩夢の的外れな答えがユーリをさらに苛立たせたようだ。

初対面の時にドラゴンの卵を割ってしまった一件並みの、恐ろしい顔に変貌《へんぼう》する。

「そんなことを聞いているんじゃないんですよ！　タツを連れて勝手な行動をして、そんなことが許されると思ってるんですか!?」

耳がキーンとするほどの大声で怒鳴られ、歩夢は持っているカップを落としそうになる。

険悪な空気が二人の間に流れていることを察したタツが、心配そうな顔で二人を見やった後、クッキーを握り締めてソファから飛び降りた。

勢いあまって着地に失敗し床に転がってしまったが、涙を見せずにユーリの元へ歩いて行く。

「ユーリ、はい、どーじょ」

「なんです？　クッキー？」

「おいちーの。あーん、ちて。ユーリ」

タツに繰り返し言われ、ユーリは歩夢との話をいったん中断し、身を屈めて口を開ける。

クッキーをすっぽりユーリの口に押し込み、「おいちい？」と尋ねる。

丸々食べさせられると思ってなかったユーリは、予想外の質量を口に押し込まれ目を瞠ったが、吐き出すことなく咀嚼《そしやく》した。

「……おいしいです」

「おいちいのたべたら、ニコニコーってなる」

タツがユーリの頬を両手で挟み、天使の笑みを浮かべる。

「ケンカしちゃ、だめー。おいちいクッキーで、ニコニコしゅりゅの」

歩夢とユーリは同時に顔を見合わせた。

――タッくん、僕たちのケンカを止めようとしたのか。

幼いながらも一生懸命考えて、美味しいクッキーを食べれば笑顔になると思ったらしい。

こんなに小さな子に気を使わせてしまったことを反省する。

「ユーリ、おこりゅのダメ。わらって？」

「……ええ」

　ユーリが頬にある手を上から握り、微かな笑みを浮かべる。

　苦笑いにも見えるのは、歩夢と同じく自身の態度を反省しているからだろう。

　ユーリが怒りを収めたことで、タツもホッとした顔になった。

「ごめんね、タッくん。不安にさせちゃって」

「そうですね、私も大人げなかったです」

「みんななかよち。たぁくん、ユーリとあーむ、ちゅき」

　タツが片方の手で歩夢の手をキュッと握ってきた。

「そうだよね、ごめん」

　歩夢も握られた手に力を込め、ユーリもタツの手をしっかり握り締める。

「あの、ユーリさん。僕が魔導学校に入学した場合のタッくんのことなんですけど、サイアス様に解決策があるそうなんです」

　ユーリに告げると、サイアスが説明のために口を開く。

「ドラゴンの子とアユムが離れている時間が出来ることが問題なのだろう？　なら、一緒に魔導学校へ連れていけばいい。それで問題は解決だ。その子はアユムの使い魔ということにすればいいだろう」

「使い魔？　そういうのがいるんですか？」

「魔導士の中には使い魔として、隷属《れいぞく》魔法で魔物を従えている者もいる。使い魔は魔道具と同じ扱いになるから、魔導学校へ連れて行く許可も出るだろう」

使い魔という存在があることを、歩夢は初めて知った。

魔道具と同等の括りにされるのはイヤだが、タツも使い魔として魔導学校に連れて行ける。

そうなれば日中も離れ離れにならずにすむ。

歩夢はとてもいい策だと思った。

しかし、ユーリはまだ不安があるようだ。

「隷属魔法が使えるのは、ごくわずかな力の強い魔導士のみだと聞いたことがあります。魔導学校に入学したばかりの者が使い魔を従えているのは、違和感がありませんか?」

「そうだな。だが、アユムが私の息子だと周知されればどうだ?」

「……隷属魔法が使えても、おかしくないでしょうね」

ユーリも設定に無理がないと判断したようだ。

だが、問題はまだあった。

魔導学校の関係者だけでなく、もう一人説得しないといけない人物がいたのだ。

「魔導学校の方はなんとかなるとして、あとは竜騎士団にどう話すかだな。彼らも貴重な金色のドラゴンを監視下に置いておきたいだろう」

サイアスの視線がユーリに注がれる。

その視線の意味を理解したユーリは、大きなため息を一つついてこう言った。

「団長は私が説得します」

「いいんですか？」

「タツに一番いい環境は、あなたと一緒にいることです。魔導学校へ通わせる許可を、なんとしても取らないといけないですね」

一番反対していたのに、タツのことを考えて思い直してくれたようだ。

――絶対に魔導士になる。

サイアスもユーリもタツも、皆がこんなにも協力してくれるのだから。

彼らの期待を裏切りたくない。

早く一人前の魔導士になって、大切なタツをきちんと守れるようになろうと、心に誓った。


「はぁ、間に合った」

歩夢は門をくぐってすぐのところで呼吸を整える。

魔導学校へ入学して二週間が過ぎた。

サイアスに魔導学校のことを聞きに行った翌週にあった入学試験も、歩夢は難なくクリアし、またサイアスから助言された通りタツのことは使い魔だと説明して共に魔導学校へ通う許可も下りた。

ユーリも竜騎士団長に掛け合ってくれ、タツが歩夢と一緒に行動することの承諾を得ることが出来、晴れて歩夢は魔導学校に入学したのだ。

「あーむ、だいじょうぶ？」

「うん、ちょっと休めば平気」

汗を拭きながら答えていると、背後で門が閉まる音が聞こえた。

この門は魔法によって時間で開閉される仕組みになっている。

——すごいなぁ。なんでも魔法で出来るなんて。

ここは王都の東側に位置する魔導学校。

アイアン製のお洒落な柵で囲まれた広い敷地には緑が多く茂り、正門の正面には博物館のような外観の三階建ての立派な校舎が建っている。

……ように見えるが、実態は違う。

校舎の手前まで来ると透明な水の壁を通り抜けたようなグニャリとした違和感を覚え、眼前には門から見た時とは違う、横長の平屋の校舎が現れるのだ。

「うーん、何回通っても、結界を抜ける時は変な感じがするな」

先ほどのグニャリとした感覚は結界。

結界の外からは立派な校舎に見えるよう錯覚させつつ、学校関係者以外の不法侵入を防ぐ役割も担っているらしい。

なぜ立派な学校だと思わせる必要があるのかと最初は不思議に思ったが、入学して生徒たちを見た時にその理由がわかった。

歩夢は三年ぶりの新入生だそうで、現在、この魔導学校には他に八人の生徒が通っている。

そう、つまり生徒数が極端に少ないのだ。

リアン王国以外にも魔導士と呼ばれる者は存在しており、それぞれの国は魔法の力を少なからず頼りにしている。

リアン王国は他国と比べて魔導士が多いと言われていて、竜騎士団の存在もあり、それゆえ他国は侵略を躊躇しているそうだ。

しかし、年々魔導士となる素質を持つ者が減っているそうで、それを知られると他国に狙われる可能性がある。

そのため、結界を張って魔導士見習いが大勢いるように見せかけているらしい。

果たしてこれがどれほどの効果をもたらしているのかはわからないが、他国との外交を行う上で国力の維持はとても大切なものだという。

歩夢が廊下を歩いて教室に向かっていると、チャイム代わりの鐘が鳴り響いた。

「わ、まずい。先生が来ちゃう」

歩夢はタツを抱きかかえ、廊下をダッシュして教室に飛び込んだ。

なんとか鐘が鳴り終わる前に到着出来てホッとしていると、背後から冷ややかな声が聞こえてくる。

「アユム、遅刻ギリギリじゃないの」

「す、すみません。アイリス先生」

「まあ、間に合ったからいいわ。明日からはもう少し早く家を出るようにしなさい」

「はい。すみませんでした」

縮こまる歩夢の横を通り抜け、アイリスが教壇に向かう。

アイリスは赤茶色の艶のあるセミロングの髪と緑色の瞳をした、見た目年齢二十代後半の女性教師だ。

魔導士は総じて肉体の時を止める魔法を使用していることが多いため、彼女の実年齢は不詳だが、十年以上魔導学校で教師をしていると言っていたことから、実際はもっと年齢は上だろう。

「アユム、早く席に着きなさい」

「はいっ」

歩夢は大急ぎで自分の席に座る。

魔導学校という名の通り、ここは学校だ。

一階建てで建物の面積は広くはないが、生徒数が常時十人前後ならこの規模でも狭いとは感じない。

今いる教室の広さは元の世界の小学校と同じ程度で、木製の机とイスが生徒の数だけ並べられ、正面には教師が立つための教壇が置かれている。

そして教壇の後ろの壁には、歩夢にも馴染みのある黒板が取りつけられていた。

この魔導学校のデザインも、歩夢と同じ世界から召喚された者が考えた可能性が高い。

教室の他にも、五人の教師が休憩するための教員室やミニ体育館のような集会室、魔法にまつわる書物が閲覧出来る書庫など、どことなく通っていた小学校を彷彿《ほうふつ》とさせるような設備が備わっている。

魔導学校はどんなところかと最初は緊張していたが、校舎に入ってみると懐かしく感じるものが多く、予想外に早く馴染むことが出来た。

「タッくん、今日もいい子でいてね。シーッだよ？」

「うん、わかったー」

タツが口を両手で押さえながら、モゴモゴしゃべる。

こんな小さな子に大人しくすることを強《し》いて可哀想になってしまうが、ここは学校で、遊ぶところじゃない。

特に魔導学校は卒業までの道のりが非常に厳しく、クラスメイトは皆、真剣に一つ一つの課題をこなしている。

というのも、魔導学校は指定のカリキュラムを終えると、全教員による魔導士試験が行われる。

その試験に合格すれば、魔導学校を卒業出来、魔導士として独り立ち出来るのだ。

この制度によって、一定の魔法を使える魔導士を輩出することに成功している。

しかし、中には教師から魔導士試験を受ける承認が降りなかったり、試験を受けられても不合格となり、何年も学校に残る者も出てくる。

平均の在学期間は三年～五年と聞いているが、それ以上在学する者や、自ら退学する者もいるそうだ。

優秀であれば早く卒業出来、そうでない者はいつまでも留年し続ける。

そういった制度のため、八人のクラスメイトたちの年齢も十代半ば～二十代後半までと幅広い。在学年数もまちまちだ。

――僕もしっかり勉強しなきゃ。

歩夢は朝の挨拶もそこそこに、さっそく始まったアイリスの講義に集中する。

今日の題目は風の魔法について。

歩夢はユーリに用意してもらったノート代わりの紙の束に、講義内容を書きとめていく。

――へえ、風の魔法はそういう使い方が出来るのか。

歩夢はまだ風を操ったことはない。

実際に風を使ってどのような効果があるのか知らなかったので、アイリスの話はとても勉強になる。

歩夢が講義に集中していると、あっという間に時間が過ぎて行き、チャイム代わりの鐘が鳴り響いた。

この後はグラウンドで実技の授業だ。

今しがた習った風の魔法を操る訓練をする。

クラスメイトに混じってグラウンドへ移動すると、すぐに実技練習が始まった。

歩夢は急いでタツを校庭の端の木の下に連れて行く。

「危ないから、ここで砂遊びして待っててね」

「わかったー」

タツは嬉々として地面の砂をかき集め始める。

自分の勉強のためにタツをつき合わせて申し訳ない気持ちもあるが、なんだかんだで学校生活を楽しんでいるタツを見て、少し気持ちが軽くなった。

「アユム！　早く戻って」

「わ、すみませーん！　今行きます！」

アイリスに呼ばれ、歩夢は小走りで皆の元へ戻る。

まだ学校生活は始まったばかり。

きちんと魔導士になれるかもわからないけれど、こうして毎日魔導学校へ通い魔法の勉強が出来ることを、歩夢は楽しんでいた。


魔導学校へ入学して一ヶ月が過ぎた。

学校へ週六日通い、一日休み、というサイクルの生活にタツも慣れてきている。

そして今日は週に一度の貴重な休み。

歩夢とタツは昨夜ベッドの中で二人で相談し、王都へ買い物へ出かけることにしていた。

ところが。

朝起きてユーリに王都へ行くことを伝えると、渋い顔で反対されてしまったのだ。

「私は今日、休みではないんです。通常の訓練の後、王都の見回り当番で」

「僕とタッくんで行ってきます。魔導学校に通うようになって、王都の道にも慣れて来たので。ね、タッくん、二人でお出かけしよう」

「うん！　おかいもの、しゅる！」

タツはもうすっかり出かける気になっている。

歩夢もいつもタツを学校につき合わせてばかりなので、休みの時くらい優先してあげたかった。

けれど、ユーリは頑《がん》として譲らない。

「駄目です。私がいない時に何かあったらどうするんですか？　アユムさんだけではまだタツを守りきれないでしょう？」

ユーリは先月、王都でタツが誘拐されそうになった時と同様のことが起こらないか心配しているようだ。

歩夢は今度は絶対に手を離さないようにすると誓ったが、ユーリは納得してくれない。

「どうしても駄目ですか？」

「駄目です」

「タッくんがお願いしても？」

タツは上目遣いでユーリに「だめなの？」と瞳を潤ませてお願いする。

ユーリは一瞬心を揺さぶられたようだったが、口にした答えは「駄目です」だった。

タツはしょんぼり俯いてしまう。

なんとも悲しげな姿に、歩夢はユーリに確認せずにタツと約束してしまったことを後悔する。

ユーリも良心が痛んでいるようだったが、タツの安全を第一に考え、考えを覆すことはなかった。

出勤するユーリを見送り、残された歩夢は今日一日どうやって過ごすか考える。

――居住区を散歩しつつ黄金の果実を一つもらって、タッくんとお菓子作りでもしようかな。

確かコンポートの作り方をユーリがメモしてくれていたはず。

歩夢はキッチンの棚を開けてレシピを探してみる。

「あれ？　ここにいつも置いてるのにないな。じゃあ、こっちの棚かな？」

あらゆる扉を開けてみるが、目当てのレシピが見当たらない。

もしかしてユーリが自分の部屋に持って行ったのだろうか。

ユーリも一緒にこの建物で寝起きしているので、彼の部屋はすぐそこだ。

けれど、許可なく勝手に部屋に入ると怒られそうで、躊躇してしまう。

「もう一度探してみよう。ねえ、タッくん、ユーリさんのお料理のメモ、どこにあるか知ってる？」

歩夢は上方に取りつけられた戸棚を探りながら、後ろにいるはずのタツに声をかける。

しかし、一向に返事が返ってこない。

振り返ってみると、そこには先ほどまでいたタツの姿がなかった。

「……タッくん？　どこ？」

テーブルの下を覗き込んだり、大きな水瓶の後ろを見ても、タツはいない。

お出かけ出来なくなって、すねてベッドにもぐっているのだろうか。

歩夢は寝室に向かう。

「タッくーん？」

開けっ放しのドアから顔を覗かせ、中に向かって声をかける。

しかし、室内はシンと静まり返り、人の気配がなかった。

脳裏に嫌な予想が浮かび、歩夢はタツが隠れられそうな場所を次々見て回る。

しかし、タツは見つからない。

「嘘……。どこ行ったの？」

呆然と部屋の中央に立ち尽くし、歩夢は頭が真っ白になる。

すぐにユーリに報告しようと思ったが、それよりも先に千里眼の魔法でタツの行方を追った方がいい。

遠くに行く前に早く見つけなくては。

歩夢は動揺する心を落ち着かせるため、深呼吸する。

しばらく使っていなかった母の形見のノートを手に取り、千里眼の数式を解いていった。

――タッくん、どこ!?

心の中でタツの姿を強く想い浮かべながら目を閉じる。

すると、タツがトコトコ歩いている姿が瞼の裏に見えたのだ。

「いた！　えっと、ここはまだ居住区の中？」

タツがいるのは、建物の裏手に当たる場所。

滅多に人が通らないところなので、今見つけられてよかった。

さっそく迎えに行こうと歩夢は目を開きかけたが、敷地を囲う塀が一部崩れ、開いた穴からタツが四つん這いで出ていく光景が見えて、寒気が走った。

「タッくんっ」

――そ、外に出ちゃったっ。

歩夢は気が動転してパチッと目を開く。

その瞬間、千里眼の魔法が解けてしまい、もう一度タツの行方を探るには数式を書かなければいけなくなる。

――す、すぐに追いかけないと。

歩夢は千里眼の魔法を使うよりも走って追いかけるのが先決だと、魔法の副作用である眩暈を堪え、手ぶらで建物を飛び出し門へ向かった。

タツが通った穴はとても小さく、歩夢では通り抜けられない。

なら門から出て、穴が面している通りに向かうしかない。

――タッくん、あんまり動かないでよっ。

心の中で祈りながら、歩夢は門を出てグルリと裏手に回る。

「いない……！」

狭い路地にはタツの姿がなく、全身の血液がサアッと下へ落ちていく。

心臓がバクバク脈打ち、これからどうしたらいいのか考えなくてはいけないのに、思考がまとまらない。

――すぐにユーリさんに報告……、違う、まだ近くにいるかもしれないから、辺りを探さないと……っ。

歩夢は「しっかりしろっ」と自分自身を叱咤《しった》し、路地に駆け込む。

この路地には横道がいくつかある。

捜索範囲は狭くないけれど、三歳くらいの歳頃の子ならそう遠くへ行っていないはずだ。

歩夢は激しく動揺しながらも、横道を一つずつ確認し、タツがいないか探していく。

けれど見た限りではタツを発見出来ず、路地を抜けてしまった。

こちら側は住宅街になっており、魔導学校の通学路にも当たらないため、普段の生活で訪れたことはない。

歩夢自身もこの辺りの地理に詳しくなかった。

「タッくん、どこに行っちゃったの？」

タツが心配で心配で、声が震える。

これからどうしよう。

魔法をもう一度使ってタツを探すか？

でも、千里眼でタツを見つけられても、この辺りの地理に疎《うと》いから居場所が正確にわからないかもしれない。

それでも、タツの安否だけでも確認したい。

歩夢は魔法を使うことに決め、ノートを取り出すため愛用の荷物袋を探ろうとした。

しかし、慌てて飛び出してきたため、荷物袋も居住区に置いてきてしまっていた。

「何やってるんだっ」

自分への苛立ちがつのり、人目もはばからず吐き捨てる。

するとその時、聞き慣れた声が耳に届いたのだ。

「やっぱり近くにいたわね。ほら、アユムがいたわよ」

名前を呼ばれ、視線を上げる。

少し離れたところから、こちらを見ている女性が目に入る。

次に、彼女と手を繋いでいるタツと目が合った。

「タッくん！」

「あーむーっ」

泣きそうな顔をしたタツが、歩夢に向かって両手を伸ばす。

歩夢は走り寄ってタツに抱きついた。

「タッくん、よかった！」

「あーむ、あーむっ」

タツも一人で大冒険に出たものの、不安になってしまったらしい。

小さな手でしがみつき、半べそをかいている。

歩夢はとにかく再会出来たことを喜び、言葉なくタツを抱く腕に力を込める。

「会えてよかったわ。じゃあ、私はこれで。また明日、学校でね」

――学校？

改めてタツを保護してくれていた女性を見ると、なんと魔導学校の担任であるアイリスだった。服装が魔導士のものじゃなかったからわからなかった。

「先生、すみません、ありがとうございました」

「たまたま食事しに出たら、見慣れた子を見つけてね。迷子のようだから声をかけたら、アユムの使い魔だったたってだけよ」

アイリスはそれだけ言うと、タツに手を振り歩き去って行った。

――たまたま先生が見つけてくれてよかった。

明日、学校で会った時に、もう一度きちんと二人でお礼を言おう。

歩夢はそう思いながら、泣きべそをかいているタツを抱いて一歩踏み出す。

すると突然、辺りに大声が響き、ビクッと身体を跳ねさせる。

「アユムさん、タツ！　外出は駄目だと言ったはずですよ‼」

「ユ、ユーリさん、これには訳があって……」

「はぁ⁉　どんな訳があると？　言いつけを破って出かけても、私が納得するような訳なんでしょうね？」

足を踏み鳴らしながら鬼の形相のユーリが近づいてくる。

思わず後退りしたところを、腕を掴んで引き戻された。

「ご、ごめんなさいっ」

「ごめんなちゃい～」

タツと同時に謝る。

ユーリはしょんぼりするタツに視線を向け、一瞬表情の険しさを消したが、歩夢を再び見た目は怒気を孕んでいた。

「ここで何を⁉　私がいない時に二人きりで出歩くなと言ったでしょう？」

「そうなんですけど、それが、その……」

　怒り狂っているユーリに、タツが勝手に抜け出したなんて言えず口ごもっていると、タツが正直に告白した。

「ごめんなちゃい。たぁくんが、おでかけしちゃったの」

「……まさか、一人で、ですか？」

「がまんできなくて、たぁくん、ひとりでおそとでたの」

　ユーリが目を大きく見開きフリーズし、ゆっくりとこちらに目線を向けた。

　無言で説明を求められ、歩夢は簡単に状況を伝えた。

「僕が目を離した隙に、塀に開いた穴から出てっちゃって……。すみません」

「あなた二度目ですよ？　タツに何かあったらどうするんですか？」

　タツに配慮してか、ユーリは声量を落として淡々と注意してきた。

「すみません。本当にすみません」

　歩夢がペコペコ頭を下げながら謝罪を繰り返していると、ユーリがイライラしながら早口で告げる。

「もういいです。今はこんなところで言い争っている場合じゃない。竜騎士団長から城へ来るよう、先ほど使いが来たんです。すぐに向かいますよ」

「え、僕とタッくんもですか？　なんの用で？」

　歩夢が言葉を発した直後、地面から突如黒い砂が出現し、歩夢とユーリの身体を覆い始める。

三人の身体はすっぽり砂で覆われ、一拍の暗闇の後、砂がサラサラと落ちていくと、周囲の景色は様変わりしていた。

歩夢が周りを見回すと、傍に立っていたサイアスと目が合う。

「突然、移動魔法で呼び出してすまない。問題が起こった」

「サイアス様、問題とは？　先ほど団長から使いが来たのですが、それと関係しているのですか？」

ユーリは挨拶もなく本題を切り出し、サイアスの険しい顔を見て歩夢も不安を覚える。

「これを見ろ」

サイアスは魔法で大きな水晶を出現させる。

水晶に甲冑に身を包んだ兵たちが訓練している様子が映し出された。

「……この紋章は、隣国のトティカ王国のものですね」

サイアスは手の中の水晶をフッと消し、いくぶん険しい顔つきで頷く。

「まだ確定ではないが、おそらく我が国に攻め入ろうと目論んでいるのだろう」

「この国に？　なぜそう思うのですか？」

「これまで他国が我が国に戦いを挑んでこなかったのは、リアン王国が大陸一の強国と言われていたからだ。その由縁は竜騎士団が率いるドラゴンの存在が大きい。そのためドラゴンを失ったことを他国に知られないように注意してきたが、隠し通すことは難しかったようだ。ドラゴンがいないうちに侵略しようと画策しているのだろう」

――し、侵略!?

それはつまり、戦争が起こるということを意味している。

「で、でも、どうしてですか？　隣の国と仲が悪かったんですか？」

歩夢の問いに、ユーリが答えてくれた。

「表面上はどの国も友好的です。ですが、他国と比べ、我が国はとても豊かな国なんです。それは歴代の国王の尽力があってのものなのですが、魔導士を他国より多く抱えていることもあり、不当な手段で今の豊かさを築いたと思っている国も、少なからずあるんです」

「そんなの言いがかりじゃないですか」

「ええ、そうですよ。でも、魔法を使って他国に不利益をもたらしたことはない、と証明することも出来ないんです」

理不尽だと思うけれど、確かにやってないことの証明は難しい。

「で、でも、よく話し合えば理解してくれるんじゃないですか？」

一縷の望みをかけて尋ねたが、ユーリは左右に頭を振った。

「トティカ王国は雨が長く降り続いている国なんです。それを我が国の魔導士が魔法で雨を降らせていると思い込んでいる者がいると、かねてから言われていました。これまでも何度も話し合ってきましたが、心から納得してはもらえなかったんです。今さら話し合っても聞き入れてもらえないでしょう」

トティカ王国とは長年の確執があるようだ。

しかし、このままでは両国間で戦いが起こってしまう。

そんなことになったら、いったいこの国はどうなってしまうのだろうか。

「ひとまず私たちは団長の元へ向かいます」

「竜騎士団長は国王へ隣国の動きを報告しに広間へ行っている。私も行こう」

まさかこんなことになるとは……。

急展開すぎてまだ頭の中が整理出来ないでいると、ユーリに腕を引っ張られ広間へたどり着いた。

ユーリは広間を護衛する兵にドアを開けさせ、無遠慮に室内に足を踏み入れる。

広間には大勢の家臣が集まっており、正面の王座に座る国王の前でユーリの父である竜騎士団長が片膝をつき、隣国の状況を報告しているところのようだ。

シンと静まり返る広間を横断していくユーリに気づき、団長が目線で傍に来るよう促してきた。

団長の後ろにユーリ、そのさらに後ろにタツを抱いた歩夢とサイアスが並び、団長に倣《なら》って跪《ひざまず》いて頭を下げる。

八十歳は越えていそうな白髪の国王は、ゆったりとした口調で団長に話しかけた。

「後ろの者たちは？」

「竜騎士団で現在育てている金色のドラゴンと世話係です。このドラゴンは今後、我が国の強力な戦力になるでしょう。トティカ王国も金色のドラゴンを我が国が有していることを知れば、ただちに撤退するかと思います」

「しかし、まだ幼児ではないか。竜型になったとしても、とても小さい。そんなドラゴンを見たら余計に今のうちに攻め入ろうと考えるのではないか？」

「王がおっしゃる通り、このままの姿では金色のドラゴンとしての力を発揮出来ません。ですが、私に策があります」

団長はそう言うと後ろを振り返った。

「金色のドラゴンを抱えている男は、異世界からの召喚者であり、現在、魔導学校で魔法を学んでいます。過去に彼の魔法でドラゴンを一時的に成長させたことがあると、報告を受けております。今回も魔法でドラゴンを成体まで成長させ、雄々しい金色のドラゴンの姿を前線の兵たちに見せ、さらに炎を吐かせて威嚇すれば、トティカ王国の兵も恐れをなして撤退するでしょう。金色のドラゴンと共に、彼を前線へ向かわせるつもりです」

「ふえっ!?」

——なんだって!?

そんな話、一言も聞いていない。

自分とタツが前線に行くだなんて……。

ユーリはこのことを知っていたのかと視線を向けると、彼も初めて聞いたようで戸惑った顔をしていた。

「……なるほど。他国はドラゴンの存在を非常に恐れている。その策は有効かもしれん」

国王はそう呟き、次にサイアスに尋ねてきた。

「サイアス、おぬしの魔法でこの国全体に結界を張ることは可能か？」

「いえ。私一人の力では、この城を守ることだけしか出来ません。我が国の魔導士は攻撃魔法を得意とし、守りの魔法にあたる結界は、魔導士の中でも一握りの者しか使えません。守りの魔法の使い手を集結させても、国全土に結界は張れないでしょう」

「なるほど。国の全てを守ることは不可能か。ならば、現状、取れる策は一つしかないな」

国王がそう言った直後、それまで黙って控えていたユーリが顔を上げた。

「私は反対です」

国王を始め、大広間に詰めている人々の視線が集中したが、それを気にも留めずにユーリが立ち上がる。

「成長魔法をかけて身体を大きくしたところで、圧倒的な経験不足は補えません。きちんとした戦闘訓練を積んでいない状態で、前線に連れ出しても……」

「ユーリ、お前が発言していい場ではない」

厳しい声音で団長が叱責し、ユーリに退室するよう命じる。

ユーリはなおも言葉を続けようとしたが、団長にきつく止められ、退室を余儀なくされてしまった。

国王は広間を辞するユーリの背中を見ながら、団長に問いかける。

「あの者の言葉も一理あるが、どう思う？」

「無謀かもしれませんが、この策に望みをかけるしかないでしょう」

国王はふーむ、と唸り声を上げ、家臣たちの間でも賛成と反対の意見が飛び交う。

その後もしばらく話し合いは続いたが他にいい案は出ず、団長の策を近々決行することが決まった。

国王の解散の合図で家臣たちは大広間を退室する。

人の流れに乗って歩夢たちも廊下へ出ると、壁にもたれて立つユーリの姿を発見した。

「どうなりましたか？」

「えっと……、団長さんの言ったように、タッくんを成長させて前線に行かせることになりました」

「あなたはそれでいいんですか？」

ユーリに非難がましく言われ、歩夢は眉を下げて頭を左右に振る。

——僕だって、タッくんを行かせたくない。

でも、そうしないとリアン王国が危機的状況に追い込まれてしまう。

会議に同席しそれがわかったからこそ、嫌だとは言えなかった。

ジワリと俯くと、ユーリも歩夢が何を考えてるのか察したようだ。

ため息をつき、「仕方ないですね」と言って団長の元へ駆け寄った。

「団長、先ほどは出過ぎた真似をして申し訳ありませんでした。……ドラゴンを前線に向かわせることに決定したと聞きましたが、私もその任務に就かせてください」

団長は国王の前での言動に腹を立てているようで、ユーリを睨みつけ「それは出来ない」と告げた。

「お前はずいぶんそのドラゴンに執心のようだ。戦いの際に邪魔にならないよう、ドラゴンに情はかけるなと教えたはず。それを理解出来ていないお前を共に行かせるわけにはいかない」

「いいえ、行かなくてはいけないんです。タツは以前より人に慣れていますが、まだアユムさんと私以外には心を許していない。現場で指示を出す人間は、私にしか務まりません」

団長は口を噤み、じっとユーリを見つめる。

「この作戦を必ず成功させるために、私を使うべきです。リアン王国を守りたいという想いは私も同じですから」

ユーリの力のこもった言葉に、団長もようやく頷いてくれた。

「……いいだろう。ユーリ、お前に任せる」

団長はそう言い残し、さらに綿密な作戦を立てるために部下たちと去る。

ユーリは険しい顔つきのまま、歩夢に「あなたも覚悟を決めてください」と言ってきた。

「こうなったらやるしかない。タツが大事なら、絶対に危険な目に合わせないように、居住区に戻って成長魔法と飛行の特訓を始めますよ」

ユーリは前線行きは変えられないと悟り、頭を切り替えたようだ。

タツを守るために、少しでも訓練を積ませようと提案してきた。

だが、歩夢は失敗出来ない作戦だとわかっているだけに、プレッシャーを感じていた。

万が一この作戦が失敗して、タツが子供のドラゴンだと知られたら、成体にならないうちに倒してしまおうと狙われるかもしれない。

見かけだけだと知られたら、その時点で作戦は失敗してしまう。

作戦を成功させる鍵は自分の魔法にかかっているとなれば、三ヶ月前まで普通の高校生だった歩夢にはずいぶんな重責だ。

そんな歩夢にユーリが詰め寄ってくる。

「タツがあなたを選んだんですから、覚悟を決めてください」

歩夢がタツを抱く腕に力を込めると、遊びでギューッと抱きしめられたと思ったタツが楽しそうに声を上げて笑い出す。

——この笑顔を守らなくちゃいけない。

歩夢が頷き返した時、装備を身に着けた竜騎士が横を駆け抜けて行った。

そして団長に何やら慌ただしく報告を始め、その様子が目に入った歩夢もなんだろう、と彼らに意識を向ける。

部下からの報告を受けた団長は、再び国王のいる大広間へ入って行く。

ユーリは報告を終え引き返して来た竜騎士を呼び止め、何を話したのか質問した。

竜騎士は手短に団長への報告の内容を告げ、ユーリの顔は話が進むにつれ次第に強張っていく。

歩夢は胸騒ぎがしてユーリに声をかけた。

「ユーリさん、どうかしたんですか？」

「国境付近を偵察していた騎士からの報告です。我が国に向かってくる大勢の兵を確認したと……。兵が掲げていた旗の紋章は、トティカ王国のものだということです」

「えぇっ」

——もうトティカ王国が攻めてきたってこと!?

まずい。

まだ作戦の詳細を詰めていない上に、歩夢はこれから成長魔法の特訓を始めるところ。完全に準備不足だ。

「ど、どどうするんですか!?」

「今団長が国王に報告してます。おそらく、竜騎士団はただちに国境付近へ向かうことになるでしょう。互いの兵がぶつかる前に、なんとか作戦を実行したい。出来そうですか？」

いつも決定事項として伝えてくるユーリが、今回は歩夢に尋ねてきた。

それだけユーリも不安を覚えているし、作戦が成功するかを心配している。

歩夢も出来ることなら、ユーリを安心させるためにも「はい」と言いたい。

けれど、こういう大切な局面だからこそ、気軽に出来ると言えなかった。

歩夢が答えられずに視線を彷徨わせていると、サイアスに肩を掴まれた。

「心配無用だ。私が手を貸そう」

サイアスの申し出に、歩夢はホッと胸を撫で下ろす。

王国一の大魔導士が一緒なら大丈夫だ。

歩夢よりも強い魔法を使えるサイアスに、成長魔法をかけてもらえばいい。

――よく考えたら、最初から僕じゃなく父さんにお願いすればよかったんだ。

歩夢は安堵したが、ユーリの顔は険しいままだった。

「私は魔法のことは詳しくありませんが、確か成長魔法を使うには、魔法をかけられる相手からの同意が必要なのでは？」

「え、そうなんですか？」

初めて聞いた条件に、歩夢はサイアスに確認する。

サイアスは「そうだ」と答えた。

どうやら、年齢を止める魔法や成長魔法等については、本人の意志に反してかけてしまうとその人の人生を狂わせることになるため、同意を得ないと発動しないような術式になっているそうだ。

だからタツに無条件に信頼されている歩夢が成長魔法を、という話だったのか。

ようやく自分が抜擢《ばってき》された理由を知り、歩夢は背中に汗を滲ませる。

「じゃ、じゃあ、やっぱり僕がタッくんに魔法をかけないといけないのか……」

歩夢が緊張から上擦った声で独り言を呟くと、サイアスが助言してきた。

「成長魔法自体はな。だが、それ以外の同意を必要としない魔法なら使える」

「……どういうことですか？」

「お前が成長させた後に、私が効力持続の魔法をかける。そうすれば長く成長魔法が効いているだろう」

「……それなら大丈夫そうです。ユーリさん、僕、やってみます」

「では、急いで国境へ行きましょう。こうしている間にも隣国の兵は進軍してきています」

ユーリがそう言うと、サイアスが右手を差し出してきた。

移動魔法で国境まで連れて行ってくれるらしい。

皆で手を繋ぐと、黒い砂が周りをカーテンのように覆い、またすぐにサラサラと落ちていく。

全ての砂が消え去ると、木々が両側に密集している林道のような場所に立っていた。

「国境から一キロ手前の地点だ」

サイアスから位置を聞いたユーリは、彼に確認する。

「サイアス様、十五歳程度に成長させても、タツに大きな負担はかかりませんか？」

「その程度なら大丈夫だ。成長魔法をかけられた者は体力を使うので、身体が弱る年齢にまで成長させなければ問題はない」

歩夢もその言葉で安心し、タツを地面に座らせノートに成長魔法の数式を書いていく。

シャーペンをタツに向け、心の中で「大きくなれ」と念じる。

すると七色の光がタツを包み、あっという間に幼児から十五歳くらいの少年になった。

――よかった、成功した。

成功はしたけれど、またしても服を脱がし忘れたのでサイズの合わなくなった服は無残な状態になってしまった。

成長して誰が見ても美少年になったタツは、ニコニコと歩夢を見て笑っている。

そこでサイアスが前へ進み出て手の平をタッに向けると、魔法の光が雨のように降り注いだ。

成長魔法を持続させる魔法だから特に外見に変化は見られないが、サイアスが言うには一時間効果が続くという。

「ではタツ、竜型になってください」

ユーリの指示でタツが「うーん」と全身に力を込める。

人型から竜型になる訓練は行ってきたので、最初の頃と比べてずいぶん変身スピードが速くなった。

タツの身体はすぐに変化し始め、数秒後には体長四メートルを超えるほどの立派なドラゴンへと変身する。

「わ、すごい大きい」

竜騎士団での訓練の時は、小さな身体のまま竜型に変身していた。

だからサイズも歩夢の胸くらいで可愛らしかったが、この年頃になるとこんなにも巨体になるのか。

けれど大きくなったタツを見ても恐ろしいと感じることはなく、金色に光り輝く身体がとても美しいと思った。

「グルルル」

大きくなっても甘えん坊のタツは、身を低くして歩夢に頭をスリスリしてくる。

いい子だね、と撫でてあげていると、ユーリが咳払いして注意を促してきた。

「行きますよ。乗ってください」

そうだった、今は急を要する事態が起こっているのだ。

これから向かうのは武装した兵たちが集まっている場所。

それを考えると緊張が込み上げてきたが、タツに悟られたら不安にさせてしまう。

歩夢はタツを怖がらせないためにいたって普段通りに振る舞うことを心掛け、タツに伏せの体勢を取らせ背に跨る。その後ろにユーリが乗った。

タツはこれまで竜型への変身と飛行をメインで訓練しており、まだ炎を操る練習は本格的に行っていない。

歩夢とタツだけでは、炎を上手くコントロール出来なかった時の修正が出来ないけれど、ユーリが一緒なら安心だ。

タツも今回は嫌がることなくユーリを背に乗せてくれ、ユーリの号令で翼を大きく羽ばたかせ、フワリと巨体を宙へ浮かせる。

そのままどんどん上昇を続け、大木を見下ろす高さまできたところでユーリが告げた。

「上手です。上昇は停止して、真っ直ぐ前方へ飛んでください」

「グルル」

タツが「わかったー」というように喉を鳴らし、方向を見定めて翼の角度を調整する。

飛行訓練の成果か、またはユーリの誘導が上手いのか、タツは難なく空を飛んでいく。

ふらつくことも急下降することもなく、気持ちよさそうに悠々と空を泳いだ。

「タッくん、こんなに上手に飛べるようになったんだね」

「キュゥ」

歩夢に褒められ、タツが嬉しそうな声を上げる。

地上を見下ろすと、草原を走る荷馬車が目に入った。

その荷馬車よりもずっと早く、タツは空を駆けていく。

歩夢も頬に当たる風を心地よく感じながらタツの動きに身体を同調させ、空を飛ぶ楽しさを味わう。

そうしてしばらく空の旅を楽しみ、国境付近の上空へ到着した。

地上に目を凝らしていたユーリは、遠くを指さし固い声色で伝えてくる。

「見えますか？　あれがトティカ王国の軍です」

木々の葉に隠れ、全体像がはっきりと見えないが、ずっと先まで灰色の列が続いていた。

色合いからして甲冑を身に着けた兵たちだろう。

列の中には黄色と赤の旗のようなものも見える。

「ずいぶん長い行列ですね。何人くらいいるんでしょうか？」

「おそらく千は越えているでしょう。対してリアン王国の戦力は、ドラゴンはいないが竜騎士が二百、城の護衛をしている兵が三百。兵力に倍以上の差があります」

それほど差がある状態で完全武装した軍に奇襲をかけられたら、あっという間にリアン王国の王都まで侵略を許してしまうかもしれない。

「これからどうしますか？　もうタッくんに炎を吐かせますか？」

「もう少し軍に近づきましょう。金色のドラゴンの姿をはっきり見せつけたいので。タツ、私が合図したら口から炎を吐いてください」

「グルル」

タツが「了解」というように唸り、そのまま飛行を続ける。

そうして行列の間近に来た時、高度を下げて地上の兵に巨体を見せつけるためにゆっくり飛行する。

すぐに兵たちはタツに気づき、一気に緊張が走った。

「ドラゴンだ！」

「どうしてドラゴンが!?　いないという話だったじゃないかっ」

「金色のドラゴンが残っていたなんて！」

地上から、兵たちの声が聞こえてくる。

竜騎士団長の読み通り、金色のドラゴンは兵を動揺させるのに有効だったようだ。

「ユーリさん、皆驚いているみたいです」

「では、そろそろ炎を吐かせましょう。タツ、空へ向かって炎を吐いてください」

タツは飛行速度を緩め、口を大きく開けてゴォッと炎を吐き出す。

兵に向けて炎で攻撃はしない。

これはあくまで退却させるための威嚇だ。

案の定、ドラゴンが火を吐く様を見た兵は悲鳴を上げ、散り散りに逃げ出した。

「やった、作戦成功だ！」

歩夢は地上の様子を見ながら声を上げ、背後からも安堵の吐息が聞こえてきた。

隣国の兵の隊列はどんどん崩れていっている。

このままなら、そのうち司令官が退却を命じるだろう。

そうなれば誰一人傷つくことなく収めることが出来る。

「ありがとう、タッくん」

「グルルルル」

歩夢が手を伸ばし首筋を撫でると、タツが嬉しそうに喉の奥を鳴らす。

「ユーリさん、この後は？」

「後方の兵たちにもタツの姿を間近で見せましょう。二度とトティカ王国が侵略を企てないように、ドラゴンの存在をよく知らしめて……」

そこでユーリの声がフツリと途切れる。

「ユーリさん？」

歩夢が呼びかけると、ユーリが腕を伸ばし地上を指し示す。

「あれを見てください」

固い声音で促され、隊列に視線を向ける。

列の中程のところに、明らかに人間よりも大きな生き物の姿が見えた。

「あれは動物ですか？　荷物を引いてるのかな？」

「違います。あれは魔物です」

「魔物!?」

歩夢は再び隊列に目を凝らす。

この距離だと歩夢の視力でははっきりとした姿は見えないけれど、黒、茶、緑の身体を持つ生物が確認出来た。

そしてその周りにいる兵たちは、魔物だという生き物のことを恐れていないようで、同じスピードで移動している。

通常、人間は魔物を恐れ嫌っている。

だからまるで兵の一員のように、魔物が共に行軍していることに違和感を覚えた。

「どうして魔物が人間と一緒にいるんですか？」

「魔物を魔法で操っているのだと思います。トティカ王国にも魔導士がいるので。ただ、トティカ王国は攻撃魔法の研究が遅れているんです。だから今回の行軍でも守りの魔法だけ使ってくると踏んでいましたが、どうやら隷属魔法を使ったようですね」

稀に魔導士も魔物を使役するために、隷属魔法を使うと以前聞いた。

あの三体の魔物はトティカ王国の魔導士の使い魔ということだろうか。

歩夢がそう考えていると、ユーリが背後で重々しい声音で説明をつけ足してきた。

「隷属魔法は本人の同意がなくとも強制的にかけられる魔法です。ただ、我が国では対人間に使われた時の危険性を考え、各所に許可を取らないと使用出来ないことになってます。魔導士が使い魔を入手する目的でなら許可が下りますが、魔物があまりにも強力な力を持っている場合、暴走した時に止められないと深刻な事態になるため、自身で制御できる小さな魔物にしか許可は下りないはず。トティカ王国も基準は同じだったと思いますが、まさかあのような大型の魔物相手に使うとは」

トティカ王国は万が一、リアン王国にドラゴンがいた場合の対策として、リスクを冒してでも大きな魔物を従えることにしたのかもしれない。

今回の戦いは思いつきではなく、よく作戦を練り準備した上でのものだったことを物語っている。

「……こちらの読みが甘かった」

ユーリの苦渋に満ちた呟きが耳に届いた。

魔物の出現はそれほど頭を悩ませることだった。

「でも、僕たちにはタッくんがいます。大丈夫ですよね？」

「タツが戦闘訓練を積んでいる成体だったなら、魔物三体程度恐れるに足らないでしょう。しかし、初陣な上に時間制限があります。実戦となったら不利な要素が多すぎるんです」

歩夢だってタツに魔物と直接対決してほしくない。

けれど、魔物という切り札を持つトティカ王国の軍は、おそらくここで退却はしないだろう。

――作戦失敗……？

最悪のフレーズが頭を過ってしまう。

「ど、どうしますか？」

「……退却するわけにはいきません。我々がここで退いたら、トティカ王国に侵略されてしまいますから」

「じゃあ、また炎で威嚇しますか？」

「魔物は隷属魔法をかけられて操られているから、無駄でしょう。命令されたらどんなに魔物本人が恐怖を感じていても、従ってしまうんです」

「そんな……。ユーリさん、他に何か手はないんですか？」

歩夢が焦りからユーリを振り返った時だった。

ユーリの全身に緊張が走る。

視線は地上の魔物たちへ向けたまま、腰に下げた剣に手をかけた。

「翼を持つ魔物がいたようです。一体、こちらへ向かってきます」

慌てて視線を下へ向けると、恐竜のプテラノドンのような姿を持つ身体が緑色の魔物が、翼を羽ばたかせ上昇してきている。

飛行速度も速く、どんどん距離が縮まっていく。

タツも魔物の姿を捉え、驚いて身体を仰け反らせる。

「わわっ、タッくん、落ち着いて」

首筋にしがみついて落とされないよう踏ん張る。

タツは軽いパニックに陥っていた。

このままでは指示を出すこともままならない。

それに、逃げるよう指示しても、おそらくタツのスピードでは追いつかれてしまう。

かといって魔物と戦わせることも出来ない。

——どうしよう。どうしたらいい!?

歩夢もパニックになっていると、突然、どこからともなく声が聞こえた。

『そのまま東の方向へ急降下し、木々の中に身を潜めろ』

その声はサイアスのものだった。

「父さん？　何をするつもりですか？」

『魔物が迫ってる。早くしろ』

ふと見れば、確かに魔物がもうすぐそこまで近づいてきている。

サイアスは千里眼でこちらの状況を見ていたのだろう。

歩夢はサイアスの指示をタツに伝える。

「タッくん、あっちの林の中に急いで移動してっ」

歩夢の必死の声が届いたようで、タツは大きく一度羽ばたき翼を畳む。

するとすごい勢いで急降下し始めた。

木々の枝が身体中にピシピシ当たる。

けれど今はそんなことを気にする余裕はない。

「わぁぁっ」

——地面にぶつかる!?

歩夢はタツにしがみつき、目を瞑る。

タツは地面に到達する寸前に上体を起こし足を踏ん張って、砂埃を上げながらなんとか着地に成功した。

「タッくん、大丈夫？　怪我はない？」

歩夢はすぐさまタツの背から降り、身体を確かめる。

「グルルル」

タツは少し疲れた様子だったが、どこも痛がっていない。

「ああ、よかった」

歩夢が心の底から安堵し、自分よりずっと大きなタツに抱きつく。

するとサイアスから次の指示が送られてきた。

『タツを元に戻す。追ってきた魔物に見つからないよう、木の陰に身を潜めていろ』

その直後、タツの身体が見る見る小さくなっていき、竜型から人型へと変化して、いつもの姿に戻った。

身体が縮み始めてすぐに背から飛び降りたユーリが、訝しそうな顔をする。

「これはあなたが？　魔物に追われているのにどうして元に戻したんですか？」

「僕じゃなく、サイアス様です。説明は後でします。タッくん、ユーリさん、こっちへ！」

「は？　さっきから何を勝手に……」

「お願いです、今は僕の言う通りにしてくださいっ」

歩夢はちょこんと地面に座っているタツを抱え、ユーリと共に近くの茂みに身を隠す。

数十秒後、魔物が降り立ち周辺の捜索を始めた。

――どうか、気づかないで……！

祈るような気持ちで魔物が行き過ぎるのを待つ。

魔物はしばらく探索していたが、遠くから甲高い笛の音がすると、諦めたのか隊列の方へ戻ろうと踵を返した。

『マモル……スミカ……』

──え……？

その時、しゃがれた声が唐突に聞こえた。

先ほど窮地を救ってくれたサイアスとは違う声色。

人間と同じ言葉のようで、どこか違和感のある発音。

これと同じ話し方を耳にした覚えがある。

──そうだ、湖の魔物が同じようにカタコトの言葉をしゃべっていた。

ということは、これは魔物の言葉だろうか？

『スクウ……ナカマ……』

──救う？

どういうことだろう。

歩夢は茂みに隠れつつ、耳を傾ける。途切れ途切れに、魔物の声は聞こえ続けた。

『マホウ……トメル。アメ、トメル』

──アメ？　……雨!!

ようやく魔物が何を言っているのかわかった。

——隷属魔法じゃない。仲間を守るために、軍に加わったんだ。

この魔物は隣国に住処《すみか》があり人と同じく雨に悩んでいて、そこでトティカ王国と手を組んで、雨を止めるためにリアン王国の魔導士を倒そうとしているのではないか？

自分以外にも魔物と言葉を交わせる者がトティカ王国にはいるのだろうか。

それはわからないが、今ここで誤解を解けば、軍は撤退してくれるかもしれない。

歩夢は拳を握り、自身を奮《ふる》い立たせる。

タツをユーリに渡し、深呼吸を一つして、茂みから飛び出した。

すぐに周辺を歩き回っていた魔物が歩夢を見つけ、翼と足を器用に使いこちらへ近づいてきた。

そして威嚇のためか、くちばしと翼を大きく広げ、「キェーッ」と一声上げる。

「何をやってるんですか!!」

タツを小脇に抱えたユーリが慌てて歩夢の腕を掴み、逃げようと引っ張る。

それを押しとどめ、歩夢は魔物に対峙する。

「……こんにちは。僕の言葉がわかりますか？」

今にもその大きな口で歩夢を攻撃しようとしていた魔物は、ピタリと動きを止める。

言葉が通じていることを悟り、歩夢は話し始めた。

「はじめまして。僕は歩夢。リアン王国の魔導士見習いをしてます。えっと、僕と少し話をしてくれませんか？」

魔物はしばし逡巡し、開いていた翼とくちばしを閉じる。

『……コトバ、ワカル　ノカ？』

「はい、わかります。あなたの声も聞こえてました。あなたは、住処に降り続ける雨を止めたくて、トティカ王国の軍に加わったんですか？」

『……ソウダ』

「あの、でも、雨を降らせているのはリアン王国の魔導士じゃないんです。魔法でもなんでもなく、自然に降っているだけなんです」

『チガウ　マホウ　ダ』

魔物は歩夢の話を聞いてくれたが、リアン王国は雨とは無関係だと信じてくれない。

「でも、リアン王国は本当に何もしてないんです。そうですよね、ユーリさん？」

目の前に魔物が迫っている状況な上に、いきなりそんな話を振ったものだから、ユーリは困惑していた。

「なんの話をしてるんですか？　雨？　魔法？」

「ユーリさん、言ってたじゃないですか。トティカ王国の長雨はリアン王国の魔導士が降らせてるって思ってる人がいるって。この魔物さんもトティカ王国にある住処と仲間を救いたくて、雨を止ませるためにトティカ王国の軍に加わったんです。だから、そもそもリアン王国は雨と無関係だって説明すれば、戦いは終わるんじゃないかって思って」

頭の回転が早いユーリはすぐに話の内容を理解し、端的に答えてくれた。

「ええ、アユムさんの言う通りです。我々リアン王国は、長雨とは全くの無関係。リアン王国に攻め入ったところで、雨は止みません」

ユーリの言葉を歩夢が魔物に伝える。

魔物はとても長い時間考え込んでいた。

するとユーリが、長雨の原因として考えられる要因を口にした。

「……以前、トティカ王国の地図を見たことがありますが、おそらく地形の問題だと思います。四方に高い山があるため、雲の流れを滞《とどこお》らせているんです」

『ムカシ ハ アメ ナカッタ』

「それはどのくらい昔ですか？　何百年も昔では？　様々な要因で地形は少しずつ変化するんです。長い時間をかけて、長雨が降るような地形へと変わっていったんでしょう」

ユーリと魔物の間で通訳をしていた歩夢も、なるほどと思った。

ずっと昔は住みやすい土地でも、天災などにより地形が変わることがある。

けれど魔物がそれを理解してくれるだろうか。

歩夢は心配しながらユーリの言葉を魔物に伝える。

魔物は意外にも理解を示してくれた。

『マホウ　チガッタ　ダイチ　カワッタ』

長命の魔物だからこそ、地形の変化に心当たりがあったのかもしれない。

歩夢は誤解が解けたことにホッとし、魔物にお願いした。

「この話をトティカ王国の皆さんにしてもらえませんか？　そうすれば無駄な争いが起こらなくてすみます」

しかし、魔物は『ダメダ』と返してくる。

『ダイチ　ウバウ　リアン　ハ　トティカノ　モノ　ナル』

「えっ⁉」

――侵略してリアン王国の地を奪う⁉

驚いたが、トティカ王国はそうする他ないのだと気づいた。

雨の原因が判明したところで、すぐに解消出来るものではない。なら、気候が安定した土地を奪おうと考えたのだろう。

「魔物はなんて言ってるんです？」

「どっちみち雨を止ませられないから、リアン王国の土地を奪うって……」

「……結局、我が国への侵略は止められないというわけですか」

ユーリの顔つきが険しいものへと変わる。

歩夢も落胆を隠せない。

沈鬱《ちんうつ》な空気が辺りに漂い始めた時、タツが突然声を上げた。

「おやまが、じゃまなの？　おみずかけたら、くずれりゅよ？」

歩夢は思わず苦笑してしまう。

タツが言っているのは、砂遊びで作ったお山のことだろう。

遊びの最中に歩夢とタツが協力して作った砂の山を、最後に水をかけて崩して片づけたことがある。

『山』と聞いて、そのことを思い出したらしい。

「タッくん、今お話ししてるのは、本物の大きなお山のことなんだ。お水をかけてもそう簡単に……」

そこまで言いかけ、ハッとした。

――山が邪魔なら、崩せばいいんじゃ⁉

大きな山を崩すのは、簡単なことではない。

でも、雲の通りをよくするために上の方を削るくらいならなんとかなるのではないか？

――魔法を使えばなんとかなるかも……。

雨が長く降らなくなれば、トティカ王国もリアン王国に侵略しなくてもすむ。

歩夢は「これしかない！」と思い、ユーリを振り向く。

「タッくんの言う通り、山を壊しましょう！　そうすれば雲が流れていきます。魔法でなんとかしましょう」

「は？　突飛なことを言い出しますね」

「そうですけど、でも、これが成功すれば争わなくてすみます」

「それはそうですが……」

ユーリはとんでもない話に、渋い顔をする。

けれど歩夢は止まらなかった。

自分一人では山を崩す方法が思いつかないけれど、皆で相談すればきっといいアイデアが出てくる。

歩夢は魔物に駆け寄り、勢いこんでこう言った。

「魔物さん、僕をトティカ王国の偉い人のところへ連れて行ってください。山を崩せば雨が止む。どうやって山を崩すか、その相談をしたいんです」

『ヤマヲ？　デキル？』

「きっと出来ます。そのための話がしたいんです」

魔物も戸惑っているようだったが、最終的には了承してくれた。

『ノレ』

「魔物さんに？　いいんですか？」

『ハヤクシロ』

「じゃ、じゃあ、失礼します」

魔物が身を低くし、背を向ける。

歩夢が遠慮がちに乗り込もうとしたところで、タツが絶叫した。

「やーっ！　あーむ！　たぁくんも、いくの！」

「え、タッくんも？」

これから行くのは言わば敵陣。

歩夢は話をしに行くだけだが、トティカ王国の兵が攻撃してくるかもしれない。

ユーリもタツを宥めているが、抱っこされた状態で大暴れしたため地面に降ろすと、一生懸命歩夢に向かって駆けて来た。

「いっちゃやーっ。たぁくん、おいてかないで」

しがみつかれて涙目で言われては、突き放すことは出来ない。

「……わかったよ、ずっと一緒って約束したもんね」

歩夢はタツを抱き上げ、魔物の背に手をかける。

するとユーリが大股で近寄ってきて、タツを奪われてしまう。

連れて行くのを反対されると思ったけれど、どうやら違ったようだ。

ユーリはタツを抱き、歩夢に早く乗るよう急かしてくる。

「タツがこうなったら、もう私では手に負えません。私も一緒に行き、何がなんでもタツを守ります」

なんだかんだ言っても、歩夢もユーリもタツには甘くなってしまう。

歩夢がまず魔物に乗り、次にタツを抱いたユーリが後ろに座った。

タツはペッタリ歩夢の背中にくっつく。

準備が整うと魔物は三人を乗せ、翼を羽ばたかせて空へと飛び上がる。

空を飛ぶことに特化した魔物は、身体つきがスリムだからか、ものすごい速さと正確さで空を横断していく。

「んー……」

タツは空を飛んで疲れたのか、目を擦って欠伸し始める。

「眠くなっちゃった？　いいよ、そのまま寝てて」

「ねんね……」

歩夢の背に寄りかかるようにして、タツがコテンと眠りに落ちる。

──大活躍だったもんな。

魔物の出現で計画は崩れたが、タツはとても頑張ってくれた。

タツの功績は大きい。

歩夢は疲れて眠ってしまったタツを起こさないように気をつける。

そうこうしているうちに、あっという間にトティカ王国の隊列の真上に到着し、彼らからやや離れた草むらにゆっくり着地した。

魔物は空へ向かって甲高い声で鳴く。

するとすぐに他の二体の魔物がやってきた。

黒い鱗を持つ大蛇のような魔物と、茶色の被毛《ひもう》を持つ熊のようなずんぐりした魔物。

二体は空を飛ぶ魔物の近くに歩夢たちがいるのを見つけ、臨戦態勢を取る。

今にも襲い掛からんばかりの様子だったが、空を飛ぶ魔物が彼らに歩夢の提案した策を伝えたことで、敵意はないと認識してくれたようだ。

魔物たちはしばらく三体で話し、司令官に当たる人物の元へ歩夢たちを連れて行ってくれることになった。

トティカ王国の兵に近づく必要があるため、攻撃を受けないよう、魔物が歩夢たちの周囲を囲む形で隊列に近づく。

草むらを抜けると、兵たちはすぐに先頭にいる空飛ぶ魔物に気づいた。

けれど特に気にも留めず、行進を続ける。

空飛ぶ魔物はその場に留まり、司令官が現れるのを待っているようだった。

何人もの先鋒兵を見送り、ようやく司令官を発見した。

大蛇の魔物がスルスルと地面を這い、司令官の目の前で頭を持ち上げる。

それにより、乗っていた馬が怯えて隊列の進行が止まった。

司令官は苛立ったように大蛇の魔物に問いかける。

「なんのつもりだ？　そこをどくんだ」

大蛇の魔物の言葉がわからないようで、司令官は後ろの馬に乗っている魔導士を手招きして通訳させる。

「ドラゴンを連れて来た、と申してます」

司令官は空飛ぶ魔物が追跡したタツを捕まえたと思ったようだ。

途端に上機嫌になり、馬から降りてこちらへ近づいてくる。

ところが、空飛ぶ魔物と熊の魔物に挟まれた歩夢たちを見て、司令官は怪訝な顔をした。

「ドラゴンはどこだ？　おい、そこの者は竜騎士だな？　どこにドラゴンを隠した？」

格好からユーリが竜騎士だとわかったのだろう司令官は、ユーリに詰問する。

どうやらユーリに抱かれて眠る幼児がドラゴンだと、まだ気づいていないようだ。

そこを遮り、歩夢が司令官の前に進み出た。

「すみません、あの、話を聞いてくれませんか？」

司令官はいきなり歩夢が目前に近づいたため、咄嗟に剣に手をかける。

護衛の兵たちも同様で、剣を抜き、切っ先を歩夢に向けてきた。

ピリピリと緊迫した空気の中、一つでも間違えればただちに斬られるかもしれない恐怖に押し潰されそうになりながら、喉の奥から声を絞り出す。

「ぼ、僕は戦いをしに来たわけじゃありません。あの、魔物さんから聞いたんですけど、トティカ王国は長雨をどうにかしたくて、リアン王国を攻撃しようとしてるんですよね？　雨を止ませられないなら、領土を奪おうとまで考えている。そうですよね？」

司令官はギリッと歯噛みし、空飛ぶ魔物を「余計なことを話すな」と叱責する。

歩夢は魔物が責められないように、言葉を重ねる。

「緑の魔物さんの独り言を、僕が盗み聞きしただけです。僕は魔物さんの言葉がわかるので。それで、えっと、トティカ王国の皆さんや魔物さんたちが困ってるって聞いて、雨を止める方法を思いついたんです。僕の話を聞いてもらえますか？」

「ふん、雨を止ませる代わりに、何を要求するつもりだ？　雨は止ませられるだろう、リアン王国が魔法で降らせているのだから。隣国である我が国を弱らせ、ゆくゆくはリアン王国のものにしようと目論《もくろ》んでいることは知っている」

「違います、そんなことは考えてません！　魔法で雨を降らせているというのも、勘違いです。地形の関係で雨雲がとどまってしまってるんです。そうですよね、ユーリさん？」

司令官の誤解を解き、全ては地形のせいだと理解してもらうために、ユーリにより詳しい説明を頼む。

ユーリは地形と雨雲の関係について説明し、司令官の顔色が次第に変化していく。

やがて全てを聞き終えた司令官は、唸り声を出しながら口を開く。

「リアン王国は関与していないというのは本当なのか？　雨が続いているのは、四方を囲む山のせいだというのか？」

「はい。地形の変化で山が高くなったのが原因で間違いないと思います」

「我々は、ずっとリアン王国が関与しているものだと……。だからこうして兵を引き連れ、我が国の雨を止ませるために進軍してきたというのに……」

ユーリが断言したことで、司令官も自分たちの誤りに気づいたようだ。

衝撃を受けた後、絶望したように顔を伏せた。

「相手が人ならば武力でなんとか出来る。しかし、自然が相手となると我々では手出し出来ない。トティカ王国はどうしたら救われるのだ？」

「一つ、策があります。無謀と思うかもしれませんが、どうか話を聞いてください」

ユーリの言葉に司令官がゆるゆると頭を上げ、縋るような視線を向けてくる。

敵だと思っていた人間の意見にすんなり耳を貸すほど、司令官は憔悴し困惑していた。

ユーリは落ち着いた口調で淡々と、先ほど歩夢が話した策を話して聞かせる。

司令官があまりにも突飛な策に戸惑い判断を迷っていると、三体の魔物たちが静かに近づいてきた。

『テツダウ』

「魔物さん……」

『キラワレモノ ノ ワレラニ スミカ クレタ オン アル』

「住処をくれた？　そうなんですか？」

歩夢が魔物の言葉を司令官に伝えると、彼は低い声音で「ああ」と肯定する。

「長雨が続き地盤が緩み、土石流に巻き込まれた村があった。その時、そこの三体の魔物がどこからかやって来て、住民を助けてくれたんだ。それ以来、何かと手を貸してくれて、人手不足が深刻だった我が国は、魔物の力を借りる選択をした。その報酬として、魔物たちに住処を提供している」

「では、トティカ王国は魔物と共存しているというんですか？」

そんなこと聞いたことがない、とユーリが驚いて大きな声を上げた。

魔物は忌み嫌われる存在で、それはリアン王国のみならず大陸全土でそういった風潮がある。

それなのに、トティカ王国がそこまで魔物と親密な関係を築いていたとは……。

――だから魔物さんたちは、隷属魔法がなくてもお手伝いしてたんだ。

歩夢は旅の途中の湖で出会った魔物のことを思い出す。

湖の魔物も見た目は人間と異なっていたが、言葉を交わせば分かり合えることが出来た。

歩夢とタツのことも助けてくれた。

異形の姿をしているだけで、根は優しい魔物もいると知っている。

「すごいですね、魔物さんが協力してくれるなんてなかなかないですよ。住処を守るためにって魔物さんは言ってましたけど、きっとトティカ王国の皆のことを助けたかったんじゃないかな？　魔物さんととてもいい関係を築けているんですね」

素直に感動したのだが、ニコニコしながら絶賛する歩夢を、司令官は不思議そうに見つめてきた。

「非難しないのか？　汚らわしいと。魔物の手下になったと思わないのか？」

「汚らわしいって、何でですか？　全然そんなこと思いません。いい魔物さんと巡り合えて羨ましいな、って思います」

「……魔物は駆除するべき穢れた存在。そんなものに縋らないと生きていけないのかと、そう言われると思っていた」

「え、だって、魔導士も魔物さんを使い魔にしてることがありますよね？　隷属魔法で使役してることがほとんどみたいですけど、トティカ王国は魔法で縛らなくても、魔物さんが手を貸してくれてるんですよ？　それってすごいことだと思います」

司令官は呆気に取られたようにポカンと口を開け、やがて豪快に笑い出した。

「すごいことか、ははっ、面白い少年だ」

「え、え？　僕、そんなにおかしいこと言いましたか？」

なんで笑われているのかわからないけれど、司令官が深刻な顔をしている時よりも笑っている今の方が、ずっと場の雰囲気がよくなった。

魔物もなんだか嬉しそうにしている気がする。

「まったく、すごい子がリアン王国にはいるのだな。気に入った、お前たちの言うことを信じよう。具体的な策を教えてくれ」

「はい！　あ、でもまだ具体的にどうするかまでは考えてなくて……」

焦る歩夢の代わりに、ユーリが口を開く。

「それは私がお話しします。まず、山を崩す前に、近隣への被害を出さないために、山全体を覆う結界を張る必要があるでしょう。次に、雲が流れる程度に山を崩し……」

いつの間に考えたのか、ユーリが山を低くするための手順を説明していく。

司令官も真剣な表情で聞き入っていた。

そうして策の全貌を聞き終えると、司令官から細かな質問を投げかけられる。

「結界を張った後、魔法で山頂部分を崩すわけか。だが、トティカ王国の魔導士の数は少ない。加えて、攻撃魔法はあまり得意ではなかったはず。さらに、山を崩して出た岩や砂などの処理はどうする？　人力で行うと、とてつもない時間を要してしまうが……。いずれにしても、トティカ王国には圧倒的に人手が足りない」

司令官が不安を口にすると、ユーリは自信満々といった極上の笑みを浮かべる。

「リアン王国には攻撃魔法を得意とする魔導士がたくさんいます。リアン王国の国王にトティカ王国の現状を伝えれば、両国の和平のために、魔導士を派遣してくれるでしょう」

「リアン王国が手を貸すと⁉」

「我が国の国王は、慈悲深いお方です。隣国のためとあらば、協力を惜しまないでしょう。トティカ王国の国王から要請があれば、すぐに人員を向かわせると思います」

司令官は驚きを隠せず、「そんなことが可能なのか？」と独り言を呟く。

「慈悲深いリアン王国の王であっても、我々はまさに今、貴国に攻め入ろうと進軍している。いくらなんでも、許されないことだろう？」

「ですが、実際に攻め入ってはいないでしょう？　国境を越えてもいない。リアン王国には、兵の行軍の訓練をしていたと伝えればいいです」

「お前は竜騎士だろう？　背任《はいにん》行為にならないか？」

「私は国を守るのが役目。戦いが起こり民や領地が傷つけられるのを避けるためなら、必要な嘘はつきますよ」

司令官はユーリの潔《いさぎよ》さに、目を細める。

国のため、民のため、という部分が一致したらしい。

司令官はもうその辺りは深堀りせず、第二の懸念点の解決策について尋ねる。

「では、山から出る砂や岩などの処理はどうする？　放っておくと、結界を解いたら土石流となって近くの村に被害を及ぼしてしまう」

「先ほど魔物たちが協力すると言ってくれましたし、彼らに頼みましょう。魔法にも限界がありますから、魔物に頑張って運んでもらいましょう」

人間よりずっと大きな身体を持つ魔物たちなら、人が運ぶよりもたくさんの石を一度に運べる。

窮地に立たされたトティカ王国は、苦肉の策で魔物の力を借りてなんとか今日まで国を存続させてきたようだが、それが今はいい方向に作用してくれている。

「アユムさん、魔物たちに頼んでみてもらえますか？」

「わかりました。……魔物さんたち、力を貸してくれる？」

歩夢が魔物に声をかけた時、司令官に肩を掴まれ止められた。

どうしたのだろう、と不思議に思っていると、司令官が魔導士を呼び寄せ自分の言葉を魔物に伝えるよう指示する。

司令官は、訝しがっている歩夢とユーリにこう告げた。

「トティカ王国のために手を貸してもらうのだから、司令官である私が頼むべきだ。私から頼ませてほしい」

司令官はそう言うと、魔導士に通訳を頼む。

「魔物たちよ。もう一度トティカ王国のために力を貸してほしい。民を守るために、お前たちの力が必要なんだ。頼む」

司令官は目上の者に頼み事をするかのように、真摯に協力を要請した。

司令官が自分たちを対等に扱ってくれているとわかったのだろう。

魔物たちはすぐさま頷き、協力することを約束してくれた。

『ソノ　ツモリ　トモニ　マモル』

魔物が司令官に寄り添う。

ここまで魔物と心を通わせられたのは、きっとトティカ王国の人々が魔物に感謝しているからだろう。

見た目が違うだけで排除しようとせず、トティカ王国の民の一員として扱っているからだ。

――思った通りだ。

魔物は無闇に人間を敵視しない。

会話が出来れば互いの誤解は解け、協力関係を築ける。

竜騎士団とドラゴンのように。

自分とタツのように、無二の存在となることが出来るのだ。

「我々はこのまま城へ引き返す。そして国王に今しがたの話を上申《じょうしん》しよう。そちらもリアン王国の国王への口添えを頼む」

「わかりました。では、私たちも城へ急いで戻りましょう」

ユーリと司令官は最後に固く握手を交わし、それぞれ別の方向へ歩き出す。

魔物たちの姿を見送りながら、歩夢は一つ気になったことがあって彼らに駆け寄った。

「すみませーん！　一つ教えてくださいっ」

「どうしたんだ？」

「あの、司令官さんにじゃなくて、魔導士さんに聞きたいことがあって。あの、どうやって魔物さんと会話出来るようになったんですか？」

魔導士はまさか自分が質問されると思っていなかったようで、わずかにたじろぐ。

そして許可を得るように司令官に目配せし、了承を得てから教えてくれた。

「言語習得魔法に応用を加えた。魔物に協力を仰ぐようになり必要だと感じて、研究を重ねて編み出した魔法だ。今は私自身にその魔法をかけ、弊害《へいがい》がないか確認している」

「すごい！　魔物さんと話せる魔法を新しく考えたんですね！　あの、よかったら僕にも今度教えてもらえませんか？　リアン王国ではほとんどの人が魔物さんのことを誤解してるんです。そうじゃないってことを知ってもらいたくて」

魔導士は再び司令官に確認してから頷いた。

「まだ試作段階だから、完成したら教えよう。今回の礼として」

「ありがとうございます！　これでリアン王国の皆も魔物さんと仲良くなれます」

歩夢が嬉しくてニコニコしていると、司令官が表情を緩める。

「本当に不思議な子だな。魔物のために動くなど……。魔物が好きなのか？」

「はい。僕も魔物さんに助けてもらったことがあるんです。最初は怖がっちゃったけど、魔物さんの言葉が聞こえて、話してみたらすごくいい魔物さんで。だから皆にも知ってもらいたいなって思ってたんです」

歩夢は初めて魔物の存在を肯定してくれる人に出会い、嬉しくて興奮ぎみに捲し立てる。

「いつかリアン王国も、トティカ王国みたいになれたら素敵だなって思うんです。だから、あなたたちと出会えて本当によかった。ありがとうございました」

歩夢がペコリとお辞儀すると、魔導士が戸惑って一歩後ずさる。

司令官はまた笑い声をこぼした。

「ではまたな、少年よ。トティカ王国のために尽力してくれて感謝する。このことはトティカ王国の国王にも必ず伝えよう」

司令官はそうまとめると、魔物と魔導士を引き連れ、隊列に戻って行った。

「うにゅー……、あーむ……？」

「あ、タッくん、起きた？」

「おっきちたー。ポンポンちゅいたー」

タツがパチリと目を開け、寝起き早々に空腹を訴える。

「ユーリ、あまいのたべたいのー」

「今日は頑張りましたからね。タツの好きなものをお腹いっぱい食べさせてあげますよ」

「やった～」

タツが天に向かって両手を伸ばし、喜びのまま万歳する。

歩夢とユーリの顔は、無意識にほころんでいた。

「さて、どうやって帰りましょうか。タツはもう体力を使い果たしたようですし、歩いて帰るには遠すぎます。サイアス様に頼みますか？」

「いえ、僕が移動魔法を使います」

「ですが、ノートは？」

荷物は全て置いてきてしまった。

だから頼りのノートも今手元にはない。

――でも、きっと出来る。

魔導学校では、ノートを介さなくとも魔法が使えるようになってきている。

攻撃魔法は苦手だが、補助的な魔法は合っているようですんなり習得出来た。

その一つである移動魔法も、魔導学校内の移動なら問題なく行えている。

――こんなに長距離の移動は初めてだけど。

最後の弱気は自分の胸に押しとどめ、歩夢は移動魔法の術式をそらんじる。

この魔法の術式は他の魔法よりも少し複雑だ。

けれど学校で教わった流れを忠実に守り、落ち着いて術式を最後まで唱えきる。

「ユーリさん、僕に掴まってください」

「これでいいですか？」

タツを抱いたユーリが歩夢の肩に手を置く。

その直後、地面から七色の光が立ち上り、三人を包んだ。

頭のてっぺんまで覆われると、強い光が四方から放たれ、眩しくて目を閉じる。

そして光の気配が消え目を開けると、豪奢な部屋の一室に立っていた。

歩夢の目の前に立っている人物が口を開く。

「移動魔法をマスターしたな」

一足先に城に戻っていたサイアスが、温かな眼差しを送ってくる。

「父さん……」

「よく頑張ったな。お前が二つの国の窮地を救ったんだ。お手柄だ」

小さな子にするように、サイアスが歩夢の頭を撫でてくる。

中学生の時に母が亡くなり、頭を撫でてくれる人なんてもういないと思っていた。

けれど、サイアスは自然な仕草で撫でてくれる。

面映《おもは》ゆいけれど、嫌ではない。

この人は自分の父親なのだと、この時、本当の意味で実感した。

――この世界に来てから、色んなことがあったなぁ。

中でも一番びっくりしたのが、サイアスに出会ったこと。

まさか父親に会えるだなんて思っていなかった。

歩夢はなんだか目の奥が熱くなり、鼻がツンとしてくる。

泣くようなことではないのに涙ぐんでいるのが恥ずかしくて、歩夢はこっそり袖口で涙を拭う。

「僕だけじゃ力不足だったけど、タックんとユーリさんがいたから出来たんです」

歩夢はこちらに向かって手を伸ばすタツの抱っこをユーリと交代し、お礼を伝える。

「タックん、ありがとう」

「たぁくん、がんばった？」

「うん、とっても！　ありがとう」

「えへへー」

タツがはにかんで笑う。

「ユーリさんも、ありがとうございました」

ユーリは照れ隠しなのか視線を反らしながら、「あなたも頑張りましたよ」と言ってきた。

この世界に飛ばされた直後は不安しかなかったけれど、今は毎日楽しい。

タッくんの成長を見られるのも、ユーリに小言を言われるのも、全部全部楽しい。

だからこのリアン王国を守りたかった。

そのために、自分に出来る精一杯のことをしたと思う。

「いい仲間に巡り合えてよかったな」

サイアスはまるで自分のことのように嬉しそうな顔をしている。

「はい！」

歩夢が元気よく返事すると、タツも真似して「はいっ」といいお返事をする。

以前なら「そうでもないです」と否定していただろうユーリも、肯定はしないけれど否定もしなかった。

「さて、私は広間へ行き、国王へトティカ王国の現状について、報告をしてきます。アユムさんは、タツを連れて先に帰ってください。タツが疲れているようなので」

「なら私が報告につき合おう。千里眼で見ていたから、状況を説明出来る」

サイアスとユーリに国王への報告を任せ、歩夢はもう一度移動魔法を使い、タツと一緒に竜騎士団の居住区へ戻った。

三人の住居である平屋の建物を見た瞬間、なんだかドッと疲れが襲ってくる。

「はぁ、大変な一日だったなぁ」

歩夢はタツと室内に入ると、真っ直ぐ寝室へ向かう。

タツを抱っこしたままベッドに仰向けでダイブし、そのままウトウトと目を閉じた。

「あーむ、ねんね？」

「うん、ちょっとだけ眠らせて」

歩夢が半分夢の中状態でお願いすると、タツが何やらゴソゴソし始めた。

すぐにでも寝たかったけれど、何をしているのか心配で薄目を開ける。

するとベッドから降りたタツが、足元にまとめてあったブランケットを一生懸命引っ張り、疲れて眠る歩夢にかけてくれた。

「ねんねしましょうねー」

ついでに小さな手で肩の辺りをポンポン叩いた後、そうっと部屋の端に移動し、箱からおもちゃを取り出して一人で遊び始めた。

なんだか胸がジーンとして、目頭が熱くなる。

――タッくんは本当にいい子だ。

金色のドラゴンとして強く立派に育つことを周りからは期待されているが、歩夢からしたら、元気で優しい子に育ってくれるのが一番嬉しい。

小さなタツに見守られ、歩夢はゆっくり眠りに落ちていった。

「タッくん、走るの早くなったね。よーし、負けないぞー！」

「きゃーっ」

竜騎士団の居住区内のグラウンドで、歩夢はタツと追いかけっこをして遊んでいた。

距離を保ってついて行きながら、タツと出会った当初のことを懐かしく思い返す。

現在、タツはすくすくと成長し、三歳半程度にまで大きくなっている。

――あんなに小さかった赤ちゃんが、もうこんなにしっかり走れるようになるなんて。

ドラゴンだから成長が早いのもあると思うが、この四ヶ月ほどの期間、元の世界にいた時よりもずっと早く時間が過ぎていったような気がする。

「捕まえたっ」

歩夢に背中から抱き上げられたタツは、残念そうにしょぼんとする。

「おいかけっこはおしまいにしようね」

「え～、もっとしゅる！」

遊びたいと駄々をこねるタツを宥めていると、急に突風が吹きつけてきた。

ただの風かと思ったが、羽ばたきのような音も聞こえてくる。

音のする方を振り返ると、グラウンドの真ん中に翼を持つ緑色の魔物が降り立っていた。

「あれ？　トティカ王国の魔物さんだ」

「まものしゃーん！」

タツが大きく手を振りながら、魔物に向かって駆け出す。

歩夢がその後を追いかけ魔物の傍まで行くと、端的に用件を告げられた。

『シゴトダ　ノレ』

「あ、ちょっと待っててください。ユーリさんに一声かけないと」

ユーリを探しに行こうとしたが、魔物が突然出現したことで居住区内にいた竜騎士たちがあちこちから集まってきた。

その中にユーリの姿を見つけ、手を振ってこちらへ呼び寄せる。

「何事ですか？」

「緑の魔物さんが、仕事があるって迎えに来てくれたんです。ちょっと行ってきますね」

タツを抱っこしていそいそと魔物の背に乗り込もうとする歩夢を、ユーリが襟首を掴んで引き戻す。

「少し待っててください。私も一緒に行きますから」

ユーリは集まっている竜騎士たちに、これから三人でトティカ王国の支援に行くと伝言し、魔物に跨る。

『イクゾ』

三人を乗せた魔物は翼を大きく羽ばたかせ、ゆっくり浮上していく。

十分な高度に達したところで、トティカ王国に方向を定め、翼を動かす。

王都の上空を飛んでいる時、ユーリの独り言が聞こえてきた。

「魔物がいれば……」

「え？　なんですか？」

「竜騎士団に魔物がいれば心強いなと言ったんです。現在、ドラゴンはタツだけで、ほとんどの竜騎士には共に戦うパートナーがいない。なら、ドラゴンの代わりに魔物が力を貸してくれれば、とふと思っただけですよ」

――魔物を竜騎士団に……。

ユーリはただの思いつきで言っただけのようだが、歩夢はいいアイデアだと思った。

「いいじゃないですか！　トティカ王国の仕事が終わったら、リアン王国に住んでる色んな魔物さんに、協力してくれないか聞いてみましょう。……あ、でも魔物さんを他の魔物さんと戦わせるのは無理か」

「魔物が我々と共に戦うことになったら、トティカ王国のように人間と魔物の関係も改善する気がします。そうすれば、我々竜騎士団も魔物と戦わなくてよくなる。今後は今回のトティカ王国での仕事のような、広義に国と民を守る任務につくことが多くなる気がします。そのくらいなら、魔物も協力してくれるのではないかと思うんです」

魔物に役割を課すことでリアン王国の一員となり、国民にも存在を認められるようになるだろう。

人間と争いたくない魔物にとって、それは魅力的な誘いだと思う。

——まさかユーリさんがこんなことを言い出すなんて。

あれほど魔物を敵視していたのに、いつの間にかこうして背に乗ることに抵抗を示さなくなり、一緒に仕事をするうちに魔物への印象も激変したようだ。

きっと他の竜騎士たちも、魔物と過ごす時間が増えれば危険な生き物ではないのだとわかるだろう。

そうすれば、人間と魔物が共存する国になれるかもしれない。

「もし、魔物が竜騎士団に入団する時がきたら、あなたも竜騎士団専属の魔導士にならないといけませんからね」

「僕も？　どうしてですか？」

「魔物と話せるのがあなただけだからですよ。これまで竜騎士団に専属の魔導士はいませんが、魔物を入団させるなら魔導士を一人入団させるくらいどうってことないでしょう。悪くないと思いますよ、竜騎士団での生活は。タツとも一緒にいられますし」

最後の言葉で、ユーリが魔物との通訳を頼みたいからだけでなく、歩夢とタツの気持ちを考えての提案なのだとわかった。

気遣いが嬉しくてニヤニヤしていると、ユーリに悟られ「何笑ってるんですか」と不機嫌そうな口調で言われてしまう。

「王都の町並みが綺麗で、笑顔になっただけです」

ユーリを苛立たせないための口実だったが、眼下に広がる王都はとても美しい。

——僕たちがこの王都の街並みを守ったんだ。

歩夢は感慨深く一月前の出来事に想いを馳せる。

トティカ王国の司令官と話し、侵略を阻止したあの日。

ユーリはリアン王国の国王にトティカ王国の状況を伝え、良好な関係を築くためにも魔導士を派遣するべきだと進言した。

国王は承諾し、協力要請の書簡が隣国から届いたらすぐに魔導士を派遣することになった。

数日後、トティカ王国からリアン王国へ協力要請の書簡が届き、国王は魔導士に十分な報酬を約束し隣国へ派遣したのだ。

そうして、トティカ王国での作業が始まって一月あまりが経過した先日、ついに北に位置する山の頂上を崩すことに成功した。

当初の予定通り、魔物たちが岩や土を運ぶ手伝いをしてくれ、北の山は綺麗に片づき雨雲も山に引っかかることなく流れていくようになった。

残りの三つの山も削ることが出来たなら、雲が悠々と流れ太陽の光が降り注ぐ土地へと変わるだろう。

歩夢も何か力になれるかもと魔物と人の通訳を申し出ているため、時折、必要な時に魔物が呼びに来てくれる。

——この世界へ来てよかった。

リアン王国で、自分にも出来ることを見つけられた。

元の世界で生きるより、この世界で暮らした方が、人々の役に立てる気がする。

自分のためだけではなく、誰かのためになることをしたい。

そんなふうに考えを変えられたのは、タツの存在が大きい。

タツのことが大好きだから、タツの暮らす場所や大切な人を守りたい。

その想いを胸に、歩夢は一人前の魔導士になることを目指し、毎日魔導学校で魔法を学んでいる。

「あーむ！　あーむ！」

トティカ王国の山々が見えてきた時、タツが前方を指さし興奮気味に歩夢を呼んだ。

指さした方向を見やると、そこには大きな虹がかかっている。

「わあ、虹だ。タッくん、綺麗だね」

「にじ、きれー」

「見つけてくれてありがとう」

歩夢が頭を撫でると、タツがフニャッと嬉しそうに笑った。

──この子に会えてよかった。

タツが一緒だったから、どんなことが起こっても乗り越えられた気がする。

「ありがとう、タッくん。これからもよろしくね」

「ありがと！　よろちくー！」

歩夢の言葉を一生懸命真似するタツが愛おしい。

歩夢は自分の人生を明るいものへ変えてくれたタツを、感謝の気持ちを込めてギュッと抱きしめた。

コスミック文庫α

# 異《い》世《せ》界《かい》に飛《と》ばされたら
# ドラゴンの赤《あか》ちゃんになつかれました

2023年4月1日　初版発行

【著者】　星野《ほしの》 伶《れい》
【発行人】　相澤　晃
【発行】　株式会社コスミック出版
〒154-0002　東京都世田谷区下馬 6-15-4
【お問い合わせ】 ―営業部―　TEL 03(5432)7084　FAX 03(5432)7088
―編集部―　TEL 03(5432)7086　FAX 03(5432)7090
【ホームページ】　http://www.cosmicpub.com/
【振替口座】　00110-8-611382
【印刷／製本】　中央精版印刷株式会社


ISBN978-4-7747-6462-7 C0193

## コスミック文庫α《アルファ》好評既刊

# 異世界ごはんで子育て中!
## ~双子のエルフと絶品ポトフ~

宮本れん

ゲーム中、うっかり屋の神様によって異世界に召喚されてしまったナオ。元の世界に戻れないと知り、危険な森を抜ける途中で孤児となった双子のエルフを拾う。ナオは保護者として彼らを育てるために首都エルデアで老夫婦の宿屋を受け継ぎ『リッテ・ナオ』を営む道を選ぶ。趣味が反映された料理スキルに時空魔法を活かした魔獣肉のポトフが評判を呼び、なんと宿屋は大繁盛! 異世界の人々とふれあいながら、充実した日々を送るナオだったが、ある日双子の父親を名乗る男が現れて——!?

異世界でエルフの双子をひろってしまい!?